Wetterwechsel

Für Werner

MARTHE KUNSTMANN

Wetterwechsel

Roman

Herzklopfen und so

Juli

August

Wetterwechsel

Juli

er Sommer war von Anfang
an unerträglich heiß gewesen, so wie es in manchen Jahren
hier war, in denen es gar keinen Frühling zu geben schien.
Erst war es kalt und nass, ein schneefreier, trostloser Winter
voll Schlamm und Regen, dann, wenn die Tage länger wurden, kam die Wärme. Die Sonne stieg hinter den Regenwol-
ken hoch und brachte eine klebrige, feuchte Hitze, die die
Luft so schwer machte, dass sie kaum zu atmen war. Alle
Bewegungen wurden langsamer, wie unter Wasser.

Romy hasste die Hitze, die nachts in ihrem Zimmer
blieb, nicht durch die geöffneten Fenster verschwand. Sie
zog sich nackt aus und drückte sich gegen die Wand an der
Längsseite ihres Bettes. Selbst ihr Kopfkissen, das sie immer

wieder umdrehte, war unerträglich warm. Sie hasste den Film aus Feuchtigkeit, der sie ganz überzog, der ihr wie eine Erweiterung ihres Körpers vorkam. Eine stinkende, glitschige Schicht, die sich nie ganz abwaschen ließ.

In diesen schlafloslangen Nächten, in denen sie in ihrem eignen Gestank lag, in dieser Hülle aus schlechten Gedanken, in denen sie nichts und vor allem nicht sich selbst ertrug, wie hätte sie jemand anderen neben sich ertragen können, wie hätte sie Jan ertragen können? Sie sagte sich, die Hitze sei schuld, wenn sie immer weiter von ihm wegrückte, wenn es sie schauderte, sobald sein Arm sie nur streifte. Sein feuchter Arm, der ihr so erbärmlich vorkam, wenn er sich nach ihr ausstreckte.

Es gab hier auf den Dörfern und in der Kleinstadt nicht viel Abwechslung, nichts zu tun, besonders, wenn man 19 Jahre alt war, die Schule hinter sich gebracht hatte und nicht wusste, was man mit dem Rest seines Lebens anfangen sollte. Romy hätte schon lange weggehen sollen, sie war es so leid, immer die gleichen Gesichter zu sehen, abends in die nahe Kleinstadt Bruchsal zu fahren, in die ewig gleichen zwei Cafés, wo sie schon mit 15 Cola-Bier bestellt hatten, immer mit ein wenig Herzklopfen, weil sie nicht wussten, ob sie als volljährig durchgingen, oder den widerlich süßen Eistee mit dem körnigen Satz am Glasboden, der das billigste Getränk auf der Karte war. Sie – das waren immer Romys beste Freundin Anja und sie selbst gewesen.

Abends kauften sie sich eine Flasche Wodka in einer Tankstelle und setzten sich auf den Baum im Bruchsaler Schlossgarten, der so schief gewachsen war, dass seine Krone fast waagerecht über dem Boden schwebte. Er beugte sich nach unten, als suchte er einen Weg zurück in die Erde. Man konnte, wenn man keine Angst hatte, mit genug Schwung einfach auf ihn hinauflaufen. Romy hatte diese Angst nie verloren, nicht einmal nach einer halben Flasche Wodka. Auch dafür verachtete sie sich, denn Anja hatte nie auch nur einen Hauch von Angst gezeigt. Wenn Anja sagte: »Heute lassen sie uns in den Club C«, dann machten sie sich auf den Weg in die Fußgängerzone, wenn Anja sagte: »Heute kontrollieren sie uns«, blieben sie auf dem Baum, bis die Flasche leer war, denn auf Anjas Intuition war Verlass. Eigentlich war es sowieso egal gewesen, denn bis sie endlich 18 geworden waren, war der winzige Club, der einzige, der bis in die frühen Morgenstunden geöffnet hatte und immer so voll und laut war, dass weder an Tanzen noch an Unterhaltung zu denken war, schon lange nicht mehr interessant gewesen, und es gab in Bruchsal keinen anderen, der für sie beide infrage kam.

Romy und Anja wohnten in Helmsheim, einem 2000-Einwohner-Dorf in der Nähe der Kleinstadt Bruchsal. Romy wohnte im Reihenhaus ihrer Eltern, in ihrem Zimmer, das immer noch nach Kindheit roch, auch wenn sie die getrockneten Blumen weggeschmissen und die Astrid-Lindgren-Bücher aus den Regalen entfernt und durch Haruki Murakami und Kurt Vonnegut ersetzt hatte. Am liebsten hätte sie die Wände schwarz gestrichen, aber ihre Eltern hatten es ihr verboten. Stattdessen hatte ihr ihre Mutter schwere schwarze Kunstsamtvorhänge genäht, in deren Falten sich der Staub sammelte.

*

Es war einer jener zahllosen heißen Nachmittage im Juli. Romy packte einen Kasten Bier in den Kofferraum ihres hellblauen 1982er Ford Escorts, sie schwitzte von der Anstrengung, ihre Hände waren feucht und glitschig. Sie hatte die Flaschen aus dem großen Eisschrank im Keller geholt, noch waren sie kalt, eine Tatsache, die sie auszunutzen gedachte. Mit dem Flaschenöffner, den sie an ihren Schlüsselbund gehängt hatte, machte sie sich das erste Bier des Tages auf. Sie wollte sich mit Anja und den anderen in dem winzigen Auwäldchen um den Salbach zwischen Bruchsal und dem benachbarten Dorf Heidelsheim treffen. Das taten sie in letzter Zeit öfter, es war eine willkommene Abwechslung. Außerdem konnte man den Bierkasten im Wasser kaltstellen.

Sie hoffte, Jan würde nicht kommen. Bestimmt würde er nicht kommen. Nachdem sie ihre Beziehung beendet hatte, hatte sie ihn nicht wieder gesehen. Er hatte ungefähr hundertmal versucht, sie zu erreichen, aber sie ignorierte seine Anrufe und SMS, fühlte sich nicht einmal schlecht dabei, sondern dachte, sie mache es ihm so leichter. Sie konnte sich nicht vorstellen, dass er tatsächlich litt, weil sie selbst nie gelitten hatte, nicht für einen einzigen Moment während der kurzen Zeit, in der sie beide zusammen gewesen waren, und hinterher auch nicht. Das Einzige, was sie ihm gegenüber fühlte, je gefühlt hatte, war ein latentes Mitleid, das sehr schnell in Verachtung überging. Wahrscheinlich mache ich es mir nur selbst leichter, dachte sie, ohne sich deswegen schlecht zu fühlen. Es war schon immer ihre Taktik gewesen, bei Konflikten einfach unterzutauchen, abzuwarten, bis sich die Wogen glätteten. Nachdem Jan seinen Beziehungsstatus bei Facebook von »in einer Beziehung« zu »es ist kompliziert« geändert hatte, obwohl sie ihm klipp und klar gesagt hatte, dass es aus war, hatte sie die E-Mail-Benachrichtigungen des sozialen Netzwerks abgestellt und die Seite gar nicht mehr aufgerufen. Sie stellte sich vor, sie läge jetzt brach wie ein vergessenes Stück Feld.

Romy trank, noch auf den Stufen vor ihrer Haustür sitzend, in einem einzigen, langsamen Zug ihr Bier aus, dann hielt sie sich die immer noch eiskalte, feuchtglitzernde Glasflasche an die Wange, rollte sie in ihren Nacken, wo die feinen Härchen, die ihrem Pferdeschwanz entkommen waren, verfilzt und schmutzig auf ihrer Haut klebten, und ließ sie schließlich von links nach rechts über ihre Brust gleiten. Sie erschauerte kurz und schloss die Augen. Dann seufzte sie und ließ sich in das stickig aufgeheizte Auto gleiten. Das Lenkrad war so heiß, dass sie sich fast daran verbrannte. Denk daran, die Windschutzscheibe abzudecken, wenn du aussteigst, sagte sie sich zum wiederholten Mal, dann ließ sie den Motor anspringen.

Romy liebte es zu fahren, selbst wenn die Hitze im Auto um sie herum Wände zu bauen schien, wenn die Windschutzscheibe zum Brandglas wurde. Ihr war leicht schwindelig, auf eine angenehme Weise, etwas summte in ihrem Ohr. Der Motor dröhnte gleichmäßig freundlich wie aus der Ferne, sie hörte das Geräusch wie gedämpft durch das Bier, das sie so schnell geschluckt hatte. Manchmal dachte sie, sie würde am liebsten einfach immer weiterfahren, egal wohin, Hauptsache, sie hielt niemals lange genug an, um ihren Schwung zu verlieren.

Sie musste noch bei Anja vorbeifahren, um deren Gitarre abzuholen. Anja selbst war schon mit dem Fahrrad losgefahren, sie hatte sich geweigert, mit dem Auto an ein Landschaftsschutzgebiet heranzufahren.

»Es ist verboten«, hatte sie gesagt und Romy von der Seite her ins Gesicht gestarrt.

Romy hatte gelacht: »Ja, aber es ist auch verboten, dass überhaupt jemand da hingeht, auch mit dem Fahrrad oder zu Fuß.«

»Das ist aber ein unsinniges Gesetz, das zählt nicht!«, hatte Anja sich verteidigt.

Romy hatte darauf verzichtet zu fragen, wie sie sinnvolle und unsinnige Gesetze auseinanderhielt. Ihre Gitarre darf ich trotzdem abholen, dachte Romy. Aber der kleine Umweg machte ihr nichts aus.

Sie war schon immer viel lieber zu Anja gegangen als irgendwohin sonst, in das alte Haus zwischen den Feldern, neben dem Wald. Anja wohnte bei ihrer Großmutter, die ihr gelbweißes Haar offen trug und lächelte, wenn Romy kam. Drei Zähne fehlten ihr vorn im Gebiss.

Niemand wusste, woher die beiden gekommen waren. Als Romy in die zweite Klasse kam, war da ein fremdes Mädchen gewesen mit auffällig hellem Haar und dunklen Augen, die das offene Fenster suchten. Ein stummes Mädchen, das nie zuvor eine Schule besucht hatte. Romy hatte sie angesehen und gewusst, sie würde ihre Freundin werden, vielleicht, weil sie so klein und dünn war, dass Romy sich stark fühlen konnte. Wenn sich irgendjemand über Anja lustig machte, weil sie oft abwesend und stumm war, weil sie manchmal vor einem Baum stand und die Lippen bewegte, die Fingerspitzen auf der Rinde, oder weil jeder im Dorf meinte, ihre Großmutter sei verrückt, dann sah Romy rot. Es war, als ob sich ein Schalter in ihrem Gehirn umlegte, sie sah nur noch geradeaus in das Gesicht, in das sie ungebremst schlug, das Blut an ihren Knöcheln fühlte sich angenehm warm an. Das war von Anfang an so gewesen und hatte sich bis heute kaum geändert. »Feuer und Wasser seid ihr«, sagte Mi, Anjas Großmutter.

»Ich bin Wasser«, sagte Anja.

Romy schwankte leicht, als sie die drei Stufen zur Haustür nahm, sie war tatsächlich schon ein wenig betrunken. Es war ein Zustand, den sie begrüßte. Die Tage gingen leichter ineinander über, wenn sie alles, was um sie geschah, wie durch einen dünnen Vorhang wahrnahm, als ginge sie nicht einmal das etwas an, was sie selbst sagte oder tat.

Die Tür war wie immer offen. Romy rief in das Innere des Hauses hinein, aber Anjas Großmutter schien nicht da zu sein, und auch die Schäferhündin war nicht zu sehen.

Wo ist sie nur immer, wenn sie nicht zu Hause ist? Romy dachte an all die Geschichten, die sich ihre Mitschüler in der Grundschule erzählt hatten, wenn sie glaubten, Romy höre nicht zu. *Sie sammelt Kräuter und spricht mit Füchsen, stiehlt Lämmer, um sie dunklen Mächten zu opfern. Sie schlitzt ihnen mit einer geübten Bewegung die Hälse auf, das Blut läuft dunkel ins weiße Fell, und danach wäscht sie die kleinen, noch biegsamen Knochen rein und vergräbt sie hinter dem Haus.* Romy schüttelte den Kopf, musste jetzt lächeln über so viel kindlich-morbide Fantasie. Anjas Großmutter glaubte an Naturmedizin, sie wusste, welche Kräuter Zahnschmerzen linderten und welche Salbe eine Wunde schloss. Sie konnte das Verhalten der Tiere deuten und wusste auch ohne Wetterbericht, wann der Winter kam.

Romy durchquerte das große Wohn- und Esszimmer von Anjas und Mis einstöckigem Haus. Außer diesem gab es nur noch Anjas und Mis kleine Zimmer, eine winzige Küche ohne Tür und ein Badezimmer. Romy ließ ihre Augen wie immer über die beschriftete und bemalte Wand des Wohnzimmers gleiten. Einen Teil der Bilder hatten sie und Anja als Kinder gemalt, zwischen Rezepten, lateinischen Tiernamen und kryptischen Sätzen in der unregelmäßigen Handschrift der Großmutter fanden sich verblasste Hunde und dünnbeinige Pferde in Wachsmalfarben.

Romy hatte es immer ein bisschen verboten gefunden, an eine Wand zu malen, während Anja es nicht anders kannte. Bis heute bildeten die vielfarbigen Kinderzeichnungen zusammen mit den Romy oft immer noch rätselhaften Worten der Großmutter ein ineinander verschlungenes Geflecht, und immer noch fand Romy regelmäßig etwas Neues. Einen Satz, die Zeile eines Gedichts oder eines Traums, die sich in eine andere, frühere rankte. Um den runden Spiegel gegenüber der Eingangstür wand sich Anjas Schrift: *Ich bin Ich bin Ich bin Ich bin …* Romy liebte die Wände des Wohnzimmers, die ihr wie etwas Gewachsenes, fast Organisches vorkamen. Die Wand zeigte, wie die Zeit verging.

Ihr Lieblingssatz war aber immer noch derjenige, den sie schon bei ihrem allerersten Besuch gelesen hatte. Über dem alten Fernseher stand in geschwungenen grünen und orangefarbenen Buchstaben: *Aus deinen Augen sprechen Elefanten.* Romy fand immer, das musste das größte Kompliment sein, das man einer Person machen konnte, und sie wartete heimlich immer noch darauf, jemanden zu finden, der ihm würdig war. Sie hatte einmal vor Jahren Anjas Großmutter, die auch Anja hieß, die sie beide aber nur Mi nannten, gefragt, woher all diese Rezepte, Weisheiten und Banalitäten kamen, und Mi hatte geantwortet: »Manche

15

sind schon immer da gewesen, andere fallen mir plötzlich ein und müssen dann aufgeschrieben werden.« Dabei hatte sie auf diese seltsame Art gelächelt, die Romy nicht verstand und die ihr vielleicht Angst gemacht hätte, wenn Mi dabei nicht eine Handvoll Kirschen aus ihrer Schürzentasche geholt hätte.

Romy war inzwischen in Anjas kleines, vollgestopftes Zimmer vorgestoßen. Es war noch unordentlicher als sonst, Bücher und CDs lagen über dem ganzen Boden verstreut. Bunte Cover zeigten Romy bekannte Schriftzüge wie Amanda Palmer, Rasputina oder Fever Ray. Daneben fand sie aber auch weniger bekannte Namen wie The Dead Brothers, Cult of Luna oder Amón Tóbin. Romy hatte manchmal den leisen Verdacht, Anja hörte ganz bewusst abseitige Musik, je obskurer und unbekannter die Band, desto besser.

Sie fand Anjas alte Westerngitarre auf deren wie immer ungemachtem Bett. Auf den Saiten lag ein gepresstes Kastanienblatt, größer als Romys Hand. Romy nahm es vorsichtig hoch und legte es auf ihre Handfläche, um es nicht kaputt zu machen. Es war leichter als eine Feder und trocken wie altes Pergamentpapier. Romy fragte sich kurz, was Anja damit vorgehabt hatte, ob sie es selbst getrocknet oder ob sie es in einem alten Buch gefunden hatte, wo es jahrelang eine Seite markiert hatte. Schließlich schüttelte sie den Kopf und legte es vorsichtig auf den Deckel von Anjas mit Edding bemaltem Laptop auf ihrem Schreibtisch.

Sie packte die Gitarre in ihren Koffer und verschloss ihn sorgfältig, bevor sie, ohne sich weiter aufzuhalten, wieder nach draußen ging. Sie hatte fast ihre ganze Kindheit in diesem niedrigen, kleinen Haus verbracht, manchmal hatte sie sich heulend dagegen gewehrt, wenn ihre Mutter oder ihr Vater sie abends abholte. Dennoch fühlte sie sich immer ein wenig wie ein Eindringling, wenn sie allein hier war.

Gerade, als sie die Gitarre auf dem Rücksitz verstaut hatte, piepste ihr Handy. »Jan ist hier«, sagte Anjas SMS. Na, großartig, dachte Romy, ging zum Kofferraum und holte sich ein neues Bier.

*

Anja hörte den Motor des Fords schon von Weitem, trotz der lautstarken Unterhaltung der anderen. Sie erkannte Romys Auto immer sofort, es war ihr so vertraut wie Romys leicht nachlässiger, aber energischer Gang, wie die stille Sekunde, bevor sie sich am Telefon meldete. Auch ihre Schäferhündin Hanni, die sie mitgebracht hatte, hatte das Geräusch des Fords erkannt und lief Romy entgegen. Nur die anderen hatten noch nichts gemerkt. Anja saß ein wenig abseits, wie sie es immer tat, wenn sie ohne Romy unterwegs war. Zwar wurde sie schon lang nicht mehr bewusst ausgegrenzt, aber sie mochte die Rolle der Beobachterin, hörte den anderen gern zu.

»Romy kommt«, sagte sie jetzt, um Jan vorzuwarnen, der sich angeregt mit Marek darüber unterhielt, wie sie mit ihrer Band Maxwell's Demon mehr Auftritte für den Sommer bekommen konnten. Er tat ihr leid. Sie wusste, wie sehr er immer noch an Romy hing, dass er fast jede Sekunde an sie dachte. Sie hatte gesehen, wie sein nervöser Blick aus den klaren blauen Augen immer wieder abgeschweift war, einem Motorengeräusch entgegen. Marek gab sich große Mühe, ihn abzulenken, so sehr, dass seine Freundin Isa, die ihm gegenüber auf einem Baumstamm saß, schon ganz genervt war. Anja konnte förmlich das *Blablabla* … auffangen, das als Einziges von dem Gespräch zu ihr durchdrang. Isa hasste das ewige Gequatsche über die Band, wie sie Anja einmal gestanden hatte.

Anja selbst mochte es, den beiden zuzuhören. Marek war der Sänger, und wie es sich für einen Rocksänger gehörte, schlank und schön, mit fransigen, braunen Haaren, die ihm in die Stirn fielen. Jan spielte Gitarre und schrieb die meisten Lieder der Band. Er sah so jung und mager aus, dass er immer ein bisschen verletzt wirkte, die kindlich großen blauen Augen in dem blassen Gesicht konnten keine Emotion verbergen. Die blauschwarz gefärbten Haare und das Augenbrauenpiercing ließen ihn fast noch jünger aussehen. Er bleibt noch lang ein Kind, dachte Anja. Er hatte, genau wie Marek, eine große Anzahl weiblicher Fans vor allem in den Bruchsaler Gymnasien. Maxwell's Demon waren nicht schlecht, in Bruchsal und Umgebung eine anerkannte Größe.

Aber er will Romy, dachte Anja und schüttelte kurz den Kopf. Warum konnte er nicht nur für die Musik leben? Anja wusste, es war ein alberner Gedanke, aber ein tröstlicher, sie mochte es nicht, dass er unglücklich war, und noch viel weniger mochte sie, dass Romy unglücklich war, auch wenn diese das nie zugeben würde. Die Episode mit Jan war nur eine von vielen gewesen, die Anja gezeigt hatten, dass Romy langsam ihr Gleichgewicht verlor. Irgendetwas zog sie in die Tiefe, zog ihr diese steile Wutfalte in die Stirn, die sie so oft trug, dass Anja manchmal dachte, sie wäre gar nicht mehr zu glätten. Dann nutzte sie einen Vorwand, ein angebliches Insekt auf ihrer Haut, ein totes Blatt in dem glatten, dunkelbraunen Haar, um kurz über Romys Stirn zu streichen. Das brachte die Falte immer zum Verschwinden und machte Romys graue Augen weich und rund. Sie sollte auch etwas finden, für das sie leben wollte, dachte Anja.

Und Jan, der sollte sich wirklich mehr auf das Musikmachen konzentrieren, es würde der Band und ihm guttun. Wenn er sich mit Marek über Riffs und Lines und Lyrics unterhielt, spürte Anja ganz deutlich eine starke Verbindung zwischen den beiden, etwas wie eine geteilte Aura, die für den Bruchteil eines Moments aufleuchtete. Isa spürte das wohl auch irgendwie. Es machte sie eifersüchtig, wahrscheinlich wollte sie deshalb nichts über die Band hören, außer natürlich, wenn sie auf den Konzerten erklären konnte, sie sei die Freundin des Sängers. Romy und Anja hatten sich seinerzeit nicht schlecht darüber gewundert, dass Marek sich eine Freundin ausgesucht hatte, die kein Fan seiner geliebten Band war. »Du musst bedenken«, hatte Romy gesagt, »dass eigentlich Isa sich Marek ausgesucht hat, und nicht umgekehrt. Vielleicht war er auch einfach froh, dass ein Mädchen mal nicht über die Tiefe seiner Lovesongs reden wollte, die sich am Ende sowieso Jan ausgedacht hat!«

Inzwischen kam Romy an ihr kleines Grüppchen heran. Sie schleppte den Bierkasten ganz allein und beschimpfte die freudig um sie herumhüpfende Schäferhündin als »Gestörte«, »Monster« und »Bekloppte«.

»He!«, rief sie ihnen schließlich entgegen. »Könnt ihr mir gefälligst mal was abnehmen?«

Als Jan wie losgelassen aufsprang, verdrehte Isa leicht die Augen. Marek zuckte mit den Schultern.

*

Anja beobachtete Romy, die schon eine ganze Weile wortlos über die Gitarre gebeugt dasaß. Sie hatte sie mit dem Argument für sich behalten, sie habe sie schließlich hergebracht, weshalb sie jetzt ihr mehr als allen anderen zustand, auch wenn sie außer ein paar Powerchords nichts spielen konnte. Anja konnte sehen, dass Jan nervös wurde, weil er selbst spielen wollte. Sie freute sich darüber, denn kein wahrer Gitarrist kann eine Gitarre sehen, ohne dass es ihm in den Fingern zuckt. Allerdings hatte Romy, als sie sich hingesetzt hatte, mit einem eindeutigen Blick auf Jan etwas wie »bloß kein Emoscheiß heute« gemurmelt, mit einem Gesichtsausdruck, als wäre sie bereit, die Gitarre bis aufs Blut zu verteidigen. Anja selbst war es egal, ob sie sie spielen lassen würde, sie spielte meistens erst, wenn sowieso keiner mehr zuzuhören schien, dem sie mit ihren, wie sie wusste, nicht sehr gekonnten Interpretationen von Simon and Garfunkel oder *Blowin' in the Wind* auf die Nerven gehen konnte.

Die Stimmung war angespannt, seit Romy gekommen war, die Gespräche waren versiegt, sie tranken schweigend ihr Bier. Mareks Versuch, weiter über die Band zu sprechen, war daran gescheitert, dass Jan nicht mehr auf ihn einging, er war zu sehr darauf konzentriert, so zu tun, als ließe ihn Romys Anwesenheit vollkommen kalt, obwohl er ganz offensichtlich jede ihrer Bewegungen aufmerksam verfolgte. Seine Antworten waren einsilbig geworden und er schien schwer damit beschäftigt, mit dem Fingernagel das Etikett von seiner Bierflasche zu kratzen. Anja drehte ihre eigene Flasche in der Hand, sie war längst warm geworden und das Bier schmeckte ein wenig schal.

Manchmal mochte sie es, sich in der Hitze eines Nachmittags zu betrinken, besonders hier in dem Auwäldchen, wo die Zweige der Trauerweiden bis auf den Boden hingen und das Licht auf den kleinen Teichen flimmerte. Sie fühlte dann, wie ihre eigene Realität ein wenig zur Seite kippte, wie ihr Blick gleichzeitig verschwommen und klar wurde. Manchmal konnte sie dann die Stimmungen ihrer Freunde so deutlich auffangen, als ob sie sie selbst fühlte, ab und zu glaubte sie, sogar Farben zu sehen. Die Sonnenstrahlen wurden gelb wie in einer Kinderzeichnung, fielen auf Mareks braunes Haar, das golden leuchtete wie seine Stimme, sie fielen auf die letzte welke Mohnblume, die darunter kurz aufflammte wie Romys Wut, wenn die Hündin ihr volles Bier umstieß, Jans Blick war samtig blau wie die traurige Melodie, die er spielte.

Heute nicht, dachte Anja, heute besser nicht. Inzwischen hatte der Alkohol die Stimmung wieder gelockert. Isa spielte mit der Hündin, zerrte an einem Ast, den diese in ihrem Maul hielt, bis sie plötzlich losließ und Isa rückwärts in einen der kleinen bräunlichen Wassertümpel stolperte. Anja lachte, sie kannte diesen Trick schon. Sie reichte Isa die Hand und zog sie aus dem Wasser. Auch Isa lachte, Schlammspritzer in ihrem Gesicht.

»Wenigstens ist es jetzt nicht mehr so heiß«, sagte sie und stürzte sofort wieder auf die Hündin zu, als wollte sie sich rächen. Marek und Jan hatten ihr Gespräch endlich wieder aufgenommen. Marek war lebhaft geworden, sein Lachen sprudelte aus ihm heraus, manchmal sprang er auf, um seine Worte durch wilde Gesten zu unterstreichen. Romy sah den beiden zu, die Gitarre immer noch im Schoß, sie sah dabei nicht unfreundlich aus, eher leicht amüsiert. Anja ließ sich neben sie fallen. Romy grinste breit und zeigte dabei ihre Zähne.

»Hey«, sagte sie und zeigte auf Marek und Jan, »hast du schon Way und Iero gesehen, oder Doherty und Barat, oder auch Cheech und Chong!«

Romy lachte. Jan drehte sich nach ihnen um, die Augen weit geöffnet, verletzt, Anja wusste im Moment nicht wieso.

»Und wer seid ihr – Hanni und Nanni, oder was?«, er spuckte den Satz aus, voll Verachtung, die Anja ihm gar nicht zugetraut hatte.

Es tat ihr weh. Sie ließ den Kopf sinken, ließ sich ihr Haar ins Gesicht fallen, obwohl sie wusste, es war so hell und fein, es würde sie nicht verdecken.

»Mann, lass sie doch!« Marek war sofort zur Stelle, legte seinen Arm locker um Jans Schulter und drehte ihn mit einem Druck von ihnen weg.

Er sah Romy dabei drohend an, er sah nur Romy, als sei Anja unsichtbar. Auch das tat ihr weh, nicht weil sein Blick an ihr selbst vorüberging, sondern weil er Romy so offensichtlich meinte, als deutete er mit dem Finger auf sie. Das reichte, dieser Blick allein genügte, wusste Anja, um Romy auf die Barrikaden zu bringen. Eben war es ihr noch gut gegangen oder wenigstens nicht schlecht, aber jetzt musste sie angreifen, einfach, weil es in ihrer Natur lag.

»Weißt du«, sagte Romy schleppend, die Stimme ein bisschen verwaschen, »ich hab das nie verstanden, was zwischen dem Sänger und dem Gitarristen einer Band so Besonderes vorgeht«, sie sah Anja an, »aber am Ende sind das alles Männchen, die ihre Schwänze präsentieren. Gitarristen sind ja die Schlimmsten.« Sie sah Jan nicht an, schaute immer noch Anja ins Gesicht, die Augen hinter halb geschlossen Lidern stahlgrau und undurchlässig. »Hast du gesehen, wie sie breitbeinig auf der Bühne stehen und ihre beschissenen Solos spielen, die sowieso keiner hören will? Der Gitarrenhals ist ihre Schwanzverlängerung, das ist, als würden sie sich öffentlich einen runterholen!« Romy kicherte erstickt, verstummte dann, ihr Blick irgendwo verloren, als hätte sie genug von der Unterhaltung.

Sie ist betrunken, dachte Anja, auch sie musste kurz lachen, flüsterte aber »Genug!«, denn es war genug, um den Nachmittag zu verderben.

Aber Romy war schon immer mit Absicht gegen die Wand gerannt, einfach um zu sehen, ob sie standhalten würde.

»Hier«, sagte sie ruhig und hielt Jan die Gitarre entgegen, »*spiel* uns was vor, Cobain!«

Jan ergriff aus einem Reflex heraus den Gitarrenhals, um zu verhindern, dass die Gitarre auf den Boden fiel, er starrte Romy hilflos an, verständnislos. Marek war jetzt wirklich wütend, er machte eine Bewegung auf Romy zu, die schon wieder vollkommen mit ihrem Bier beschäftigt schien.

»Genug!«, sagte Anja jetzt so laut, dass er es hören konnte.

Marek wandte sich mit einem frustrierten Schnauben ab. Er packte Jan sanft am Handgelenk, weil er immer noch stand, ohne zu wissen, was er tun sollte. Zum Glück kam Isa in diesem Moment zu ihnen, außer Atem. Gesprenkelt mit getrocknetem Schlamm, drückte sie ihren Körper an Mareks, schlang sich um ihn, bis er mit ihr zu Boden sank und beide lachten.

»Scheiße«, sagte Romy so leise, dass nur Anja es hörte, und stand auf. Sie schwankte, Anja konnte noch Schweißperlen auf ihrer Stirn erkennen, bevor sie wie in Panik davonstürzte.

Sie fand Romy seitlich gegen einen Baum gelehnt, ihr Körper krampfte sich immer wieder zusammen, während sie sich übergab. Anja hockte sich neben sie auf den Boden, strich ihr die feuchten Haare zurück, die ihr aus dem Pferdeschwanz gefallen waren.

»Geh wieder zurück«, nuschelte Romy, »ich bin eklig.«

Sie würgte noch einmal heftig, inzwischen verließ nur noch ein dünnes, gelbliches Sekret ihren Mund, der Rest ihres Mageninhalts bildete eine Lache vor ihnen. Sie hat nichts gegessen, dachte Anja, die die Augen nicht abwenden konnte. Sie wunderte sich, dass es sie nicht ekelte, nicht einmal den Geruch des Erbrochenen fand sie unangenehm. Es roch leicht faulig und vergoren, nach bitterer Galle, gleichzeitig entdeckte sie aber einen weiteren, süßlichen Geruch, den sie erst unter den anderen suchen musste, bevor er intensiver wurde, sich vor ihr in der erhitzten Luft auszubreiten schien.

»Du bist nur stockvoll«, sagte sie. Romy lachte und überraschte Anja, denn es war ein fröhliches Lachen, eines, wie sie es schon lang nicht mehr aus ihr hatte herauskitzeln können.

»Genau wie damals«, sagte Romy und lächelte. Dünne Haarsträhnen klebten ihr im schweißnassen Gesicht, in ihrem Mundwinkel hing ein getrockneter Rest Erbrochenes, die Augen waren glasig, als müssten sie gleich überlaufen, aber wenigstens wieder offen und durchsichtig. Anja wusste nicht sofort, wovon Romy sprach, aber dann zeigte diese auf die Trauerweiden, die als Kinder ihre Lieblingsbäume gewesen waren, und Anja meinte, kurz etwas Weiches, Wehmütiges von ihr aufzufangen. Als sie noch Kinder gewesen waren, hatten sie hier unter denselben Trauerweiden gespielt, deren Zweige den Boden streiften. Die schmalen Blätter blinkten lichtgrün und knochenweiß. Sie hatten das Selbstmördergrab gesucht, von dem Anjas Großmutter ihnen erzählt hatte. Hier in den Auen hatte angeblich vor vielen Jahren eine Mutter heimlich nachts ihren Sohn begraben, der sich mit der Dienstwaffe seines Nazivaters in den Rachen geschossen hatte. Romy und Anja hatten damals nach Zeichen gesucht, um die richtige Stelle zu finden, hatten aber irgendwann aufgegeben.

»Ich kann es jetzt finden!« Ein Schauer durchzitterte Anjas Körper und ihre Armhaare stellten sich auf, sie schnellte nach oben. »Das Grab in den Auen«, flüsterte sie.

Sie wusste inzwischen, sie durfte nicht nach äußeren Zeichen suchen, auch nach den Toten durfte sie nicht suchen, denn die Toten waren tot auf ewig. Was übrig blieb, war nicht mehr als eine Emotion, der Geist eines Gefühls. Sie hielt die Arme ausgestreckt, die Haare vor ihren Augen, setzte sie langsam einen Schritt vor den anderen, ließ sich treiben, driftete hin und her. Die Welt um sie herum, das Licht und die Bäume verschwammen, wurden bloßer Hintergrund ihrer Suche. Doch jetzt suchte sie schon nicht mehr, die Emotion hatte sie gefunden und zog sie zu sich. Sie ist stark, dachte Anja noch erstaunt, bevor es sie wie ein Schlag auf den Kopf traf. Sie knickte ein, fiel auf die Knie. Die Augen plötzlich aufgerissen, sah sie dennoch nichts mehr von der Welt um sich.

*

Romy sah, wie Anja fiel, sie knickte einfach ein, als ob ihr etwas Unsichtbares mit Gewalt in die Kniekehlen getreten hätte. Die Arme hielt sie immer noch leicht von ihrem Körper weggespreizt, den Kopf hatte sie auf unnatürlich starre Weise in den Nacken gelegt, und selbst aus der Entfernung konnte Romy sehen, dass ihre Augen weit geöffnet waren.

Romy stand auf, immer noch leicht taumelnd, gut, dass der Baumstamm da war, an dem sie sich abstützen konnte. Die anderen waren zu weit weg, um etwas zu bemerken. Romy lief los, mit jedem Schritt sicherer. Sie kniete sich vor Anja hin, die durch sie hindurchzustarren schien, die Augen weit aufgerissen, die dunkelbraune Iris nur ein kleiner Punkt in einem weißen Feld. Romy wollte Anja anfassen, ihr die Hände auf die Schultern legen, zögerte aber. Es machte ihr Angst, wenn Anja so war. Wer weiß, was sie gerade sah? Romy wusste, es konnte etwas Schreckliches sein oder auch etwas schrecklich Schönes. Was es auch war, Romy hatte jedes Mal ein wenig Angst, es würde Anja nicht loslassen, dass sie nicht mehr zurückkehren würde.

Sie legte mit einem Entschluss ihre beiden Hände fest auf Anjas Schultern. Ein kurzer elektrischer Schlag durchfuhr sie. Anja blinzelte irritiert.

»Anja«, sagte Romy ruhig.

Mit einem Mal fühlte sie sich wieder völlig nüchtern.

»Hier«, war die Antwort, ein wenig verträumt, immer noch ein bisschen entfernt.

Ihre knochigen Schultern zitterten unter Romys Händen, trotz der Hitze, sie ließ den Kopf hängen, um Romy nicht ansehen zu müssen, beugte sich dabei nach vorn, bis ihre Stirn Romys Schlüsselbein leicht berührte. Dann wurde sie ruhig.

»Was hast du gesehen?«, fragte Romy, Anjas feines Haar kitzelte sie am Hals.

»Einen Erhängten«, murmelte Anja, dann schien sie sich wieder im Griff zu haben. Sie hob den Blick und sah Romy an, sie schien besorgt.

»Den Selbstmörder? Liegt er hier unter uns?« Romy war neugierig.

»Nein«, sagte Anja, »der hat sich doch erschossen, es war jemand anders, ich konnte das Gesicht nicht sehen.« Sie betrachtete ihre Fingernägel, als suchte sie dort das Gesicht. »Es war auch zu stark, so als sei es ganz frisch«, Anja schaute sich um, als suchte sie etwas, dann versteckte sie den Blick wieder unter blassen langen Wimpern, »oder als sei es noch gar nicht passiert. Vielleicht wollte er mir etwas sagen.«

Romy sah, wie sich die feinen Härchen auf Anjas Arm aufstellten, sie zitterte leicht, wie die blassen Weidenblätter um sie herum.

»Wer denn? Ich dachte, die Toten können nicht sprechen!« Romy merkte, wie ironisch sie klang.

Auch nachdem sie nun fast jeden Tag ihres Lebens mit Anja verbracht hatte, konnte sie das Übersinnliche nicht akzeptieren. Sie fand immer, Anja sei einfach so mitfühlend mit jeder lebenden oder toten Kreatur, dass es sie selbst manchmal überforderte, dass irgendetwas in ihrem Kopf durcheinanderging, dass sie in Esoterik und Geistergeschichten flüchten ließ. Es war etwas, was ihr an Anja manchmal ein bisschen auf die Nerven ging.

Anja zuckte mit den Schultern, stand schließlich auf.

»Ach, ich weiß doch auch nicht«, sie klang jetzt ein wenig ärgerlich und ungeduldig, ihre träumerische Passivität von eben war wie weggeblasen. »Wahrscheinlich ist es überhaupt nichts. Lass uns nach Hause gehen«, sagte sie. Romy folgte ihr.

*

Marek war immer noch wütend. Kurz nachdem Romy und Anja plötzlich nach Hause gegangen waren, hatte sich die kleine Versammlung aufgelöst. Er hatte erst Isa in Heidelsheim abgesetzt und fuhr jetzt Jan nach Bruchsal, im rosafarbenen Fiat Panda seiner Mutter. Er nahm den Schleichweg über die Felder, auch wenn er jetzt am Nachmittag keine Alkoholkontrolle erwartete. Er war sich immerhin bewusst, dass er nach drei Bier nicht mehr fahren sollte. Allerdings sah er es auch nicht ein, immer der Einzige zu sein, der nüchtern blieb. Nüchtern hätte er den Affenzirkus wohl auch gar nicht ertragen. Es ärgerte ihn sogar, dass er nervös war, nach jeder Straßenbiegung nach der Polizei Ausschau hielt, während es *anderen* scheinbar vollkommen egal war, ständig stockvoll Auto zu fahren. Mit *anderen* meinte er natürlich Romy, die selbstverständlich ins Auto gestiegen war, obwohl sie kurz vorher nicht einmal gerade hatte gehen können. Sie hatte Anjas altes Fahrrad samt der Hündin auf der Rückbank verstaut und sich dabei lautstark über »nasse stinkende Hunde« beschwert. Dann waren die beiden mit quietschenden Reifen verschwunden. Anja schien sich auch keine Sorgen zu machen, sie vertraute Romy auch noch in volltrunkenem Zustand. Aber er verstand die beiden sowieso nicht, hatte sie noch nie verstanden, obwohl sie sich seit Jahren schon kannten. Sie waren früher in Parallelklassen des gleichen Bruchsaler Gymnasiums gegangen.

Eigentlich hatte er Romy immer gemocht, sie war eine Freundin gewesen, jemand, mit dem er mit 13 auf die ersten Partys im Heidelsheimer Hasenheim-Vereinsheim gegangen war, ein für wenig Geld zu mietender Raum am Ende eines dunklen Wegs durch den Wald, um sich dort nach zwei Bier die Seele aus dem Leib zu kotzen. Anja hatte er immer als eine Art Schatten oder Anhängsel Romys aufgefasst. Er fand es damals unangenehm, allein in ihrer Nähe zu sein, hatte nicht gewusst, was er ihr sagen sollte, und gleichzeitig das Gefühl gehabt, sie könnte seine dreckigsten, kleinen Geheimnisse entdecken, wenn er ihr nur in die Augen schaute. Inzwischen war das nicht mehr so, er hatte sich vielleicht einfach an sie gewöhnt, wie sie ein wenig abseits saß und aufmerksam in die Runde blickte.

Er musste auch lächeln, wenn er überlegte, was seine dunkelsten Geheimnisse mit 15 wohl gewesen waren. Dass er Pornoseiten im Internet gesucht hatte, die ihn nicht einmal besonders erregt hatten? Inzwischen fand er auch nicht mehr, dass Anja nur Romys Schatten war. Sie waren schon immer unzertrennlich gewesen, wer Romy sagte, musste auch Anja denken. Aber gerade die letzten Monate hatte er das Gefühl, dass tatsächlich Anja die Stärkere der beiden war, besonders seit der unglücklichen Geschichte mit Jan, seit der er Romy, wie es aussah, nicht mehr begegnen konnte, ohne ihr die sarkastischen Bemerkungen aus dem Körper schütteln zu wollen. Anja schien Romy im Gleichgewicht zu halten, zumindest so weit, um eine Katastrophe zu verhindern.

Es verwirrte ihn, dass er so wütend auf Romy war, natürlich war es nicht nett gewesen, wie sie Jan erst wochenlang hingehalten und dann abserviert hatte, aber eigentlich war seine Wut schon vorher entstanden, er wusste nicht wann. Er hatte sich immer für eine friedliche, eher zu zurückhaltende Person gehalten, er war es nicht gewohnt, dass jemand eine derartig gewalttätige Reaktion in ihm auslöste. Manchmal musste er sich regelrecht zurückhalten, um Romy nicht tatsächlich zu packen und zu schütteln. Es gefiel ihm ganz und gar nicht, was sie mit ihm machte. Er wollte so nicht sein.

Er trat mit voller Wucht auf die Bremse, das Auto kam zum Stehen und das Kaninchen, das sie beinahe überfahren hätten, verschwand im Maisfeld. Er sollte sich mehr auf den Weg konzentrieren und nicht darüber nachdenken, worüber er schon seit Wochen grübelte, wenn er nachts nicht schlafen konnte. Jan, der die ganze Zeit schweigend auf dem Beifahrersitz gesessen hatte, lehnte sich aus dem offenen Fenster.

»Wir bremsen auch für Tiere!«, rief er.

Als Marek wieder anfuhr, drehte Jan den Kopf:

»Wir hätten es auch essen können.«

Marek musste lächeln.

Den Rest der Fahrt saßen sie schweigend. Sie kannten sich schon so lang, dass es ein vollkommen entspanntes Schweigen war. Es war Marek angenehmer als die meisten Unterhaltungen, die er mit anderen führte. Mit Isa konnte er nie still sein, Isa war angefüllt mit Energie, sie war immer auf dem Sprung, voller Pläne. Sie erzählte mit glänzenden Augen Geschichten, warf sich voll Ungeduld die langen Haare über die Schulter. All dies gefiel ihm an ihr, war tatsächlich das Erste gewesen, das ihm an ihr aufgefallen war. Trotzdem fand er sie oft anstrengend, er hatte oft das Gefühl, er könne einfach nicht mit ihr mithalten.

Schließlich musste er die sicheren Feldwege verlassen und fuhr nun, peinlich darauf konzentriert, die Höchstgeschwindigkeit nicht zu überschreiten, durch die verschlafenen Wohngebiete am Bruchsaler Stadtrand, wo Jan mit seiner Familie wohnte. Ein guter Teil der Häuser zeigte ihnen Fenster mit zur Hälfte heruntergelassenen Jalousien, als könnten sich selbst die Häuser in dieser Hitze kaum wach halten. Es war ein sicheres Zeichen dafür, dass die Besitzer irgendwo im Urlaub waren, in Italien oder der Türkei, in irgendeinem Hotel am Meer. Er brachte das Auto vor Jans Haus zum Stehen. Jan hatte die Tür geöffnet, war schon mit einem Bein ausgestiegen, als Marek zögernd begann:

»Sag mal, wegen Romy ...« Er wusste nicht recht, was er weiter sagen sollte. Eigentlich hatte er sich vorgenommen, das Thema nicht mehr anzusprechen, Jan kannte seine Meinung schon auswendig.

»Scheiß auf sie«, Jan zuckte mit den Schultern, »ist schon in Ordnung.« Er lächelte kurz und schloss dann die Tür. Marek legte den ersten Gang ein, wartete aber noch, bis Jan im Haus verschwunden war. Dann ließ er das Auto anfahren.

*

Romy versuchte, gleichzeitig den Schlüssel ins Haustürschloss zu stecken und auf die Uhr zu schauen: 18 Uhr. Rechtzeitig zum Abendessen, dachte sie ironisch, keine Minute zu spät. Romys Vater war Oberstudienrat und ihre Mutter arbeitete halbtags in der Stadtbibliothek. Pünktlichkeit war eines der höchsten Gebote in ihrem Haushalt. Romy wunderte sich manchmal, dass bei so viel Vorzeigespießertum die Geranien auf dem Balkon nicht aus reinem Protest eingingen.

Schließlich nahm sie ihre linke Hand zu Hilfe, um den Schlüssel ruhig in das Schloss einzuführen. Die runde Metallscheibe darum herum war schon mit unzähligen Kratzern übersät. Alle von mir, dachte sie. Sie grinste, als sie die Tür nach innen aufdrückte. Es kam ihr wie ein Kunstwerk vor.

Ihre Eltern saßen schon am Tisch, ihr Vater sah nicht auf, als sie sich wortlos setzte.

»Bist du wieder besoffen gefahren?«

»Nein«, sagte Romy automatisch und nahm sich den Brotkorb, obwohl sie überhaupt keinen Hunger hatte.

Sie schielte zu ihrer Mutter hinüber, die sich immer so viel Mühe gab, ihrer Tochter mit Geduld und Verständnis zu entgegnen, obwohl Romy merkte, dass ihr dies in letzter Zeit immer schwerer fiel. Sie hatte das untrügliche Gefühl, ihre Mutter war kurz davor, einfach aufzugeben. Sie sah heute besonders angespannt aus, fand Romy, und müde. Und sie sollte sich ihren Haaransatz nachfärben. Sie tat ihr einen Moment lang ein bisschen leid. Vielleicht sollten sie sich einmal zusammen betrinken, dachte sie in einem Anfall von Zärtlichkeit und lachte dann so plötzlich laut los, dass es sie selbst überraschte. Feuchte Brotstückchen flogen über den ganzen Tisch, bis sie sich erschrocken den Mund zuhielt. Trotzdem konnte sie das kreischende Lachen nicht anhalten.

Auch nicht, als ihr Vater aufsprang und sie an den Schultern packte: »Wenn du jetzt auch noch denkst, dass du dich über mich lustig machen kannst! Isst unser Brot und machst überhaupt nichts!«

Romy wischte sich Tränen aus den Augen, sie versuchte, ihrem Vater fest in die Augen zu sehen, auch wenn sie selbst merkte, dass ihre Stimme immer noch leicht zitterte:

»Schon gut«, sagte sie, »ich hab sowieso keinen Hunger mehr.«

»Soll ich dir ein Bier holen«, ihr Vater klang kalt und ironisch, was Romy immer noch wütender machte, als wenn er sie anschrie, weil es sie aus irgendeinem Grund hilflos machte, »oder ist dir das nicht mehr stark genug?«

Romy stand auf, plötzlich hatte sie einen Kloß im Hals. Ihre Augenwinkel wurden wieder feucht, sie wischte mit Gewalt darüber, wütend auf sich selbst. Sie hörte noch das *Lass sie doch ein einziges Mal* ihrer Mutter, als sich etwas in ihrem Magen umdrehte, sodass sie laufen musste, um die Kloschüssel gerade noch rechtzeitig zu erreichen.

*

Romy und Anja lagen nebeneinander im hohen Gras in den Feldern hinter Anjas Haus, wo sich zwei Wege trafen und ein steinerner gekreuzigter Jesus auf seinem Sockel stand. Sein weißer, von Dornen umflochtener Kopf ragte gerade noch in Romys Sichtfeld. Er schien seitlich abzurutschen, als sei er es müde, ewig zu leiden.

»Weißt du noch«, Romy brach das Schweigen, »deine Theorie von damals, frag mich nicht, wann das war ... du hast mir erklärt, Jesus war ein Zeitreisender, ein Arzt oder so was, deshalb konnte er die Leute heilen.«

»Ja, der Alte ist in die Vergangenheit gereist, um etwas für sein Ego zu tun. Deshalb hat er sich auch nie zu politischen Sachen geäußert. Um das Raum-Zeit-Kontinuum nicht durcheinanderzubringen. Ist ihm wahnsinnig gut gelungen.« Anja verzog ihr Gesicht zu einem grimmigen Grinsen.

»Ist eine gute Theorie«, sagte Romy anerkennend.

»Ich glaub da immer noch dran«, Anja lachte nicht.

Romy sah sie von der Seite an, manchmal war sie sich nicht ganz sicher, ob Anja Witze machte oder meinte, was sie sagte. Aber Anja stieß ihr sofort sanft ihren Ellenbogen in die Seite:

»Denk nicht immer, ich bin verrückt!«

»Bist du aber!«

»Nicht mehr als du, Schwester!«

»Scheiße.«

Eine Weile lagen sie still, ohne sich anzusehen. Als Romy sich schließlich auf die Ellbogen stemmte, waren Anjas Lider geschlossen, ihre Lippen bewegten sich leicht, als erzählte sie sich selbst eine Geschichte. Romy beugte sich zu ihr herunter, neugierig, ob sie tatsächlich etwas hören würde, ihre langen Haare fielen wie ein Vorhang über ihre beiden Gesichter. Romy sah, wie dunkle Strähnen sich mit hellen vermischten. Sie zog ihren Kopf wieder zurück, band sich die Haare mit einem Gummiband nach hinten. Anja hatte die Augen die ganze Zeit über geschlossen gehalten. Jetzt klappten sie auf, suchten Romy.

»Was ist mit dir?«, fragte sie, und Romy hörte, dass die Frage nicht nur diesen Augenblick meinte, sondern ihr Befinden in der ganzen letzten Zeit.

Ihren Zustand. Mein *Zustand*, dachte Romy und ein Schauer lief ihr über die Haut, wie pathetisch! Sie riss ein Büschel Gras aus dem Boden und betrachtete es konzentriert, unfähig, etwas zu sagen, es auszusprechen. Sie traute sich ja nicht einmal, den Gedanken klar in ihrem Kopf zu formen, sie wollte sich selbst die Worte nicht sagen hören, um nicht vielleicht etwas heraufzubeschwören.

Aber manchmal verstand Anja, ohne verstehen zu können, wusste Dinge, die nicht gesagt werden konnten, und sprach sie aus. Romy wurde nervös, wollte nichts hören und zischte im gleichen Moment *sei still!*, in dem Anja schon flüsterte:

»Du glaubst, du könntest schwanger sein.«

Die Worte sanken wie Steine in Romys Magen, wo sie aneinander rieben und an ihren Magenwänden schabten. Die Übelkeit war wieder da. Anja schaute ihr derweil halb ins Gesicht, so wie sie es immer tat, wenn sie sich nicht sicher war, ob es nicht besser gewesen wäre, die Klappe zu halten. Romy wusste, wie schwer es ihr fiel, zu entscheiden, ob sie auf ihr allzu stark ausgeprägtes Mitgefühl vertrauen oder all ihre Ahnungen vergessen sollte. Romy hatte den Eindruck, Anja fühlte sich in solchen Momenten immer schuldig, egal, was sie tat.

»Vielleicht«, gab sie zögernd zu, als sei nicht viel dabei, und sah wieder zu der müden Jesusfigur hinüber.

»Es fängt an zu regnen.« Anja sprang hastig auf, und schon fiel Romy ein dicker Tropfen direkt zwischen die Augen.

Sie hatte nicht bemerkt, wie die Wolken über den Himmel gekrochen waren, bis sie ihn ganz bedeckten, dabei hatte sie fast die ganze Zeit über nach oben gesehen. Im Hintergrund rollte langgezogen ein Donner. Romy wartete auf den Blitz, der nicht kam, noch nicht, und schließlich öffneten sich die Wolken. Die Wassertropfen fielen fast sofort so dicht, dass die Umrisse der Felder und Bäume um sie herum verschwammen. Romy sah Anja wie durch einen Wasserfall hindurch, die Haare vor Nässe so dunkel wie ihr Gesicht, Wasser tropfte stetig von ihrem Kinn, unter dem nassen Baumwollkleid traten die Hüftknochen scharf hervor. Sie machte einen Schritt auf Romy zu und streckte die Hand aus:

»Komm schon!« Feine Tropfen sprühten von ihrem Mund, als sie gegen den Regen anschrie.

Romy ergriff Anjas Hand, zog sie mit einem Schwung hinter sich her und rannte los, aber nicht nach Hause. Sie lief ziellos und fühlte die dünnen Knochen von Anjas Hand unter ihrem festen Griff aneinanderreiben. Anja rief etwas, das Romy nicht verstand. Sie drehte den Kopf, ohne zu denken und ohne anzuhalten, stolperte, versuchte, sich irgendwo festzuhalten, griff in Dornen und riss Anja neben sich zu Boden. Sie waren in eine Brombeerhecke gefallen. Anja lag neben ihr, starrte auf ihre freie Hand, die andere hielt immer noch Romy umklammert. Sie ließ sie los, es tat ihr leid, etwas tat ihr leid, sie wusste nur noch nicht genau, was es war.

Als Romy versuchte aufzustehen, blieb ihr Haar im Gestrüpp hängen, sie zog daran, kräftig. Sie konnte nichts sehen, die Dornen ließen es nicht zu, dass sie den Kopf drehte. Sie fühlte, wie sich Haarbüschel von ihrer Kopfhaut lösten und an den stachligen Ästen hängen blieben. Schließlich fühlte sie, wie Anja ihre Handgelenke packte, ihre nutzlosen Versuche, sich zu befreien, beendete. Anja griff in Romys Haare, umfasste ihren Kopf, und Romy fühlte plötzlich etwas ihre Wange herunterlaufen. Etwas, das fremder war als Regen, wärmer und dicker. Sie fasste an die Stelle und starrte auf ihre Hand, von der das Wasser Anjas frisches Blut spülte, das aus ihrer zerstochenen Handfläche geflossen war. Romy erschrak, mit einem Ruck machte sie sich frei und trat einen Schritt von Anja zurück, deren Gesichtszüge der Regen verwusch.

»Es tut mir leid«, sagte Romy leise, obwohl sie wusste, das Rauschen würde sie übertönen.

Anja trat aus der Hecke, den Blick an ihr vorbei gerichtet. Sie packte Romys Hand und drückte mit ihrer verletzten fest zu. Einen Moment glaubte sie tatsächlich, Anjas Schmerz würde sich auf sie übertragen, bis sie sich daran erinnerte, dass auch sie selbst in die Dornen gegriffen hatte.

Anja führte Romy nach Hause, langsam, es war jetzt gleichgültig, ob sie sich beeilten oder nicht. Romy fühlte sich unwohl, gemaßregelt. Vielleicht waren es nur die Berührung und das Blut. Sie berührten sich nicht oft.

*

Sie saßen sich am Küchentisch gegenüber, die Haare noch feucht und struppig. Aus dem alten Kassettenrekorder dröhnte Anjas ausgeleiertes Moondog-jr.-Tape. Die Stimme des Sängers schnarrte und säuselte in drei Sprachen. Anja verstand: *La luna, la muerte.*

Sie hatten nicht miteinander gesprochen, seit sie ins Haus gekommen waren. Anja hatte Romy wortlos ein Handtuch und trockene Sachen gegeben. Romy weigerte sich, ihr in die Augen zu sehen. Anja seufzte, mahnte sich dazu, geduldig zu sein. Als sie Romys verletzte Handflächen mit Jod behandelte, fluchte diese leise und unverständlich, zog ihre Hand aber nicht weg. Anja wartete, sie würde nicht den ersten Schritt machen. Diesmal nicht, jetzt war es nicht an ihr, etwas zu sagen. Sie stand schließlich auf, holte Gläser hervor, in denen sie starken Rum mit süßem Honig mischte. Sie tat es sorgfältig, als mischte sie eine Medizin, ließ den goldenen Honig langsam in die bräunliche Flüssigkeit in den Gläsern tropfen, beobachtete, wie die süßen Fäden sich auflösten, während sie langsam gegen den Uhrzeigersinn umrührte. Schließlich nahm sie die Gläser und setzte sich wieder Romy gegenüber, die ihren Rum entgegennahm, ohne den Blick von der Tischplatte zu heben.

Anja hatte alle Fenster weit geöffnet, aber das Gewitter war gegangen, ohne Klarheit oder Erleichterung zu bringen. Die Luft war so klebrig und unbeweglich feucht wie zuvor, und all das Wasser, das wie ein gewaltiger Schleier vom Himmel gefallen war, war jetzt schon in den winkeligen Rissen im von der Sonne festgebackenen Lehmboden verschwunden. Die Tropfen auf den Gräsern, Blättern und Ästen, auf den Fensterscheiben und auf dem hellblauen Dach des Fords glitzerten noch einen Moment im Sonnenlicht, bevor es sie verdampfen lassen würde.

Romy drehte ihr Glas in der Hand, nahm einen langen Schluck, hob den Kopf und schüttelte sich mit geschlossenen Augen die dunklen, rauen Haarsträhnen aus dem Gesicht. Sie sah Anja direkt an, die diesen Blick fühlte, auch wenn er hinter geschlossenen Lidern verborgen war.

»Ich bin mir nicht sicher«, sagte Romy schließlich. »Kann sein, alles ist nur Paranoia.«

»Du isst nicht.«

»Was?« Romy öffnete die Augen, blinzelte desorientiert.

»Du kannst den Fötus so nicht töten, nicht ohne dir selbst zu schaden.«

»Das hat überhaupt nichts damit zu tun, ich habe einfach keinen Hunger. Außerdem, ich meine, dann schade ich mir selbst eben, wen interessiert das schon?« Romy sah trotzig aus.

»Mich. Deine Eltern. Mi. Jan.« Anja beobachtete, wie Romys Gesicht sich verzog.

»Wir könnten einen Test kaufen«, schlug sie ganz pragmatisch vor. »Ich mache das für dich, wenn du willst, oder wir fragen Mi, die kennt sich bestimmt mit so was aus ...«

»So was, eh ...« Romy lächelte ein wenig, sie schien Anja erleichtert, es musste hart gewesen sein, mit dieser Angst ganz allein zu sein. Romy war schon immer so gewesen, hatte immer versucht, jede Angst, jede Unsicherheit für sich zu behalten, sie gab sich, als sei sie aus Marmor, hart und kühl, jeder Angriff schien wie Regentropfen an ihr abzuperlen.

»Lass uns noch warten, vielleicht ist ja alles gar nicht so schlimm.« Romy lächelte jetzt richtig, das Glas vor ihr war leer. »Und sag nicht mehr ›Fötus‹, sonst wird mir schlecht. Fruchtbarkeitsvokabeln hab ich noch nie ertragen.«

Anja fühlte, wie sich auch ihr Gesicht zu einem kleinen Lachen verzog. Sie erinnerte sich an die Biologiestunde, in der Romy sich fast die ganze Zeit heimlich die Ohren zugehalten hatte.

»Muttermund«, sagte sie, die übereifrige Stimme der Biologielehrerin nachahmend, »Fruchtwasser! Mutterkuch...!«, hier traf sie Romys Handtuch über den Tisch.

»Pass auf«, drohte Romy mit ruhiger Stimme, »sonst trete ich dir in die Eierstöcke!«

Und sie brachen gleichzeitig in ein haarsträubendes, lautes Gelächter aus.

*

»... und dann flüstert die eine Alte der anderen zu: ›Wenn der Zivi wieder vorbeiläuft, dann schreien wir zusammen um Hilfe.‹« Jan streckte sich auf Mareks ausgesessenem grünen Sofa aus, beide Beine über der Rücklehne. »Ich steh die ganze Zeit mit dem Wäschewagen neben der Tür und frag mich natürlich, was die beiden vorhaben. Also huste ich ein bisschen, um mich anzukündigen, und latsche, so als wäre nichts, gemütlich an der offenen Tür vorbei.

Und schon wimmert es drinnen los: ›Hilfe ... wir sterben!‹ Das klang echt so, als sei alles zu spät. Ich spiele also das Spiel mit und mache einen Satz in die Tür. Die zwei schauen mich an, dann schauen sie sich gegenseitig an und lachen sich kaputt! Unglaublich, was die sich einfallen lassen!« Jan grinste.

Er absolvierte gerade seinen Zivildienst im Altenheim und nur Episoden, die wie jene zu guten Geschichten wurden, machten seine Arbeit erträglich. Marek war heilfroh, dass ihn seine gute alte Lebensmittelallergie vom Wehr- oder Ersatzdienst befreit hatte. Es war sowieso unfair, dass Jan und er zum letzten Jahrgang gehörten, der ihn überhaupt noch antreten musste.

Marek studierte seit zwei Semestern in Heidelberg Physik und Deutsch mit Lehramtsoption. Eine wahnwitzige Fächerkombination, wie Romy ihm einmal erklärt hatte. Die Semesterferien verbrachte er in Bruchsal bei seiner Mutter, aber nicht ihretwegen, sondern wegen der Band. Den Traum, Rockstar zu werden, hatte er zwar schon fast aufgegeben, er hing dem Gedanken aber noch immer ein bisschen nach. Außerdem ging Isa in Bruchsal zur Schule, sie würde nächstes Jahr in die zwölfte Klasse kommen, was auch viele Wochenenden in Bruchsal bedeutete. Tatsächlich fühlte er sich immer noch mehr hier in Bruchsal bei seiner alten Clique zu Hause als unter seinen Kommilitonen in Heidelberg.

»Naja, stell dir vor, du bist so alt wie die und siehst den ganzen Tag nichts anderes als die beschissene Decke über deinem Bett …« Marek schüttelte den Kopf.

»Ja, und dann«, Jan spann die Geschichte weiter, »wachst du eines Morgens auf. Und irgendetwas ist anders und du weißt nicht, was es ist, aber das da über dir«, Jan redete jetzt schneller, getrieben von seiner eigenen Vorstellungskraft, »das ist nicht deine Zimmerdecke und plötzlich hörst du deine eigenen Herzschläge als elektronisches Piepsen neben dir. Du drehst den Kopf und siehst, du bist gerade noch einmal davongekommen, du bist erleichtert.« Jan machte eine Pause, er sah Marek jetzt direkt ins Gesicht, die Augen unbeweglich und eisblau. »Du willst dich gerade wieder zum Schlafen umdrehen, du bist ja so müde … so müde. Ruh dich nur aus, denkst du, ruh dich aus … und plötzlich reißt du die Augen so weit auf, wie du kannst, und dein Herz piept neben dir so hektisch, als wollte es vor dir davonlaufen! Du merkst, du darfst nicht schlafen, du wirst niemals mehr schlafen können. Denn, wer weiß, wo du das nächste Mal aufwachen wirst. Vielleicht wachst du ja auf und siehst überhaupt nichts.« Marek beobachtete fasziniert, wie Jan erschauerte. »Es ist kalt, du willst deine Hand bewegen, auf dem Nachttisch steht die Lampe, aber deine Finger sind ganz steif, als könnten sie jeden Moment abbrechen. Und es riecht nach feuchter Erde …«

Marek starrte Jan immer noch ins Gesicht, fand es so offen, als könnte er durch die Pupillen direkt in sein Gehirn sehen.

»Wow«, sagte er.

Dann klopfte es laut an die Tür und beide erschraken. Jan schaffte es gerade noch, seine Füße von der Sofalehne an Marek vorbei auf den Boden zu stellen. Marek fiel auf, dass seine schwarzen Converse die gleichen mit violettem Edding gemalten Sterne aufwiesen wie Romys. Schon stand seine Mutter in der Tür, die zwar klopfte, aber nicht wartete, ob sie willkommen war. Isa machte das wahnsinnig, auch wenn sie nur fünf Minuten blieb, schloss sie doch mit routinierter Geste als Allererstes die Tür ab.

»Bleibt Jan zum Essen, Marek?«, fragte sie und sah sich neugierig im Zimmer um, wie sie es immer tat, wenn er Besuch hatte. Marek hatte nie herausgefunden, was sie sich vorstellte, was er hier mit seinen Freunden tat. Wahrscheinlich stürmte sie deshalb immer unaufgefordert in sein Zimmer, um ihn auf frischer Tat bei keine-Ahnung-was zu erwischen. Er fand diesen Mangel an Ungestörtheit immer lästiger, besonders wenn Isa da war, die er jedes Mal, wenn die Türklinke von außen heruntergedrückt wurde, davon abhalten musste, einen Tobsuchtsanfall zu kriegen oder einfach hinauszustürmen.

»Wir essen nicht mit, wir gehen gleich zur Probe.«

»Jan hat bestimmt Hunger.« Mareks Mutter liebte es, andere Menschen zu ernähren, wahrscheinlich war dies sogar das Einzige, das sie wirklich gern tat, und Jan war eines ihrer liebsten Opfer, weil er sich immer zweimal den Teller füllen ließ und sie sogar nach Zutaten fragte, obwohl Marek wusste, dass Jan die Nahrungsaufnahme eher als eine Notwendigkeit als einen Genuss sah.

»Ein anderes Mal gern.« Jan schenkte ihr sein schiefes Lächeln, dem sie nie widerstehen konnte. Sie nickte und zog sich zurück. Marek wunderte sich zum wiederholten Male, dass ihm der leicht polnische Akzent seiner Mutter immer nur dann auffiel, wenn sie mit anderen Menschen sprach. Er stand auf und drehte den Schlüssel um. Dann ließ er sich schwer neben Jan auf das Sofa fallen, streckte die Füße weit von sich und legte den Kopf zurück.

»Sorry«, sagte er nur. Jan zuckte mit den Schultern, die Überreste seines Lächelns immer noch in den Mundwinkeln. Marek hatte plötzlich gar keine Lust mehr, zur Bandprobe zu gehen.

»Sag mal«, er äußerte eine Idee, die er schon eine ganze Weile mit sich herumtrug, »warum suchen wir uns nicht eine Wohnung?«

»Wer? Du und ich?« Jan zog leicht seine Augenbrauen hoch. »Etwa hier in Bruchsal?«

»Wieso nicht?«

»Was ist mit deiner WG in Heidelberg? Und deinem Job?«

»Aus der WG zieh ich aus, stell dir vor! Ich kann auch von hier aus nach Heidelberg fahren, dann haben wir mehr Zeit für die Band. Einen Job kann ich auch in Bruchsal finden, und außerdem hab ich immer noch BAföG und meine Halbwaisenrente. Und wenn dein Zivi vorbei ist, können wir ja immer noch woandershin, wenn du willst.« Marek war von seinem Plan überzeugt, sie würden zusammen Lieder schreiben und wieder öfter auftreten. »Oder willst du ewig bei deinen Eltern wohnen?«

Jan lachte: »Jep, genau das hatte ich vor!« Er verdrehte die Augen und streckte seine Zunge raus. »Du willst das ja nur, damit deine Mutter nicht mehr an der Tür rüttelt, wenn du mit Isa bei der Sache bist ... aber okay«, Jan streckte seine Hand aus, »ich bin dabei.«

Mareks Herz machte einen Sprung, er ergriff Jans Rechte und zog ihn halb vom Sofa hoch, umarmte ihn kurz, fühlte einen Moment Jans dünnen Körper. Sie sahen sich an und hörten nicht auf, breit zu grinsen, als stünden sie am Beginn eines großen Abenteuers.

*

Romy starrte auf den Bildschirm ihres Laptops, den sie vor einem Jahr zum bestandenen Abitur geschenkt bekommen hatte. Sie hatte die Datei geöffnet, die sie tief im Inneren ihres Computers versteckt hatte, obwohl sie nicht glaubte, dass ihre Eltern jemals ihre Festplatte durchsuchen würden. Sie hieß einfach »Tgbch« und enthielt mehrere Hundert einzeilig beschriebene Seiten, die sie über die Jahre hinweg von einem Computer auf den nächsten gerettet hatte.

Irgendwann war es ein fast zwanghaftes Ritual geworden, dass Romy jedes Mal, bevor sie einen neuen Eintrag machen konnte, ein paar alte Aufzeichnungen durchlas. Manche waren schon über fünf Jahre alt, und je neuer die Einträge waren, desto länger lagen sie zeitlich auseinander. Romy schrieb schon lang nichts mehr regelmäßig auf. Die pathetischen, traurigen und großen Gedanken, die sie mit 15 gehabt hatte, ihre Hasstiraden auf Mitschüler, Eltern und Lehrer ließen sie manchmal fast sentimental werden. Sie sah sich dann selbst am selben Schreibtisch sitzen, über den sie sich jetzt gerade beugte, die Finger auf der Tastatur ihres alten PCs und die Augen fest an den alten Bildschirm geheftet, als bedeutete das Aufschreiben überleben, und vielleicht war es ja sogar so gewesen. Manchmal sehnte sie sich sogar in diese penibel dokumentierten und kommentierten bösen, immer bösen Tage zurück. Nur Schwachköpfe schreiben ja wohl über positive Dinge, dachte sie. In der Erinnerung wurden selbst Trauer und Schmerz erträglich, waren mit einem nostalgischen Glanz überzogen.

Doch je öfter sie ihre Einträge wiederlas, sogar die neueren, schlich sich eine Art Zweifel in ihre Gedanken. Sie konnte sich erinnern, wie sie geschrieben hatte, manchmal mit solcher Gewalt, dass sich einzelne Buchstaben immer wieder aus der Tastatur lösten, oder dass sie wütend geworden war, weil ihre Hände nicht so schnell gewesen waren wie ihre Gedanken. Manchmal wusste sie sogar noch genau, was sie an jenem Tag angehabt hatte. Trotzdem fiel es ihr immer schwerer, sich selbst auf den Seiten ihres Tagebuchs wiederzufinden. Sie sah mittlerweile zwei Charaktere vor sich, wie in einem Film: die Autorin, die schreibt, und die Person, über die sie schreibt. Seltsamerweise war keine der beiden ganz sie selbst.

Früher war es ihr beim Schreiben immer darum gegangen, ihre Gedanken, ihre Gegenwart in einen Zusammenhang zu bringen, um sie besser verstehen zu können, oder einfach, um sie loszuwerden. Jetzt schaute sie sich beim Schreiben immer selbst über die Schulter. Außerdem wusste sie nun, sie konnte ihre Einträge manipulieren. Sie schrieb manchmal Dinge bewusst anders auf, als sie sie erinnerte. Es war egal, weil sie sowieso nie die Wahrheit ganz treffen konnte. Wenn sie so schrieb, veränderte sich tatsächlich ihre Erinnerung, sie sah vor sich, wie sie sich hätte verhalten sollen, wie sie aus der Retrospektive gewollt hatte, zu reagieren, es war fast unheimlich.

Nur über alles, was mit Jan passiert war, konnte sie überhaupt nicht schreiben. Schon wieder saß sie vor der leeren Seite und konnte sich nicht entscheiden, wie sie beginnen sollte, und wenn es keinen Anfang gab, dann würde es auch nie zu einem Ende kommen. Sie sagte sich jeden Tag hundertmal vor, dass ihre Beziehung, die sie mit einem Schaudern nur vor sich selbst so nennen konnte, der wahrscheinlich größte Fehler ihres Lebens (was ein langweiliges Leben!) gewesen war. Sie hatte nicht nachgedacht und war gleichzeitig gelangweilt gewesen, immer in der gleichen Konstellation von Freunden auszugehen, in der nie etwas passierte, wenn Isa nicht gerade wieder aus irgendeinem Grund wütend auf Marek war.

Sie hatte gewusst, dass Jan sie mochte, seit Jahren schon, wäre aber nie auf die Idee gekommen, dies auszunutzen, hätte sie nicht in diesem einen Moment all ihre Vernunft einfach vergessen. Es war auf einem Konzert von Maxwell's Demon gewesen, einem der unzähligen, das Anja und sie sich aus Loyalität angesehen hatten. Romy hatte einen unglaublichen Kater gehabt, den sie sich als schweres, schwarzes Tier vorstellte, das auf ihrem Kopf saß und seine Krallen in ihre Kopfhaut bohrte. Deshalb hatte sie ein bisschen abseits auf einem Barhocker gesessen und war hauptsächlich damit beschäftigt gewesen, sich mehr oder weniger aufrecht zu halten.

Anja war irgendwo vorn mit Isa in der Menge. Romy trank langsam das Bier, das sie bestellt hatte, um ihren Kater zu bekämpfen, ihn zu vergiften, Feuer mit Feuer. Von ihrer erhöhten Position aus an der Bar hatte sie einen guten Ausblick auf die Bühne, besonders da die Menge hier in diesem Club tatsächlich so jung war, dass sie locker über die meisten der Köpfe hinwegschauen konnte. Vielleicht bin ich einfach schon zu alt für diese Kleinstadt-Rockshows, dachte sie. Die ganze Welt dreht sich weiter, nur ich selbst bleibe genau hier auf diesem Hocker, bis mir das Fleisch von den Knochen fällt. Eben lief ein, wie Romy fand, kleines Mädchen auf sie zu, mit diesem albernen, emotionslosen Blick aus dunkelverschmierten Augen, der sagen soll: *Ich habe schon alles gesehen, was ich sehen muss, in dieser Welt.* Sie trug ein Avril-Lavigne-T-Shirt, hatte allerdings Löcher dort hineingeschnitten, wo die Augen der Sängerin waren, und die ausgefransten Ränder mit roter Farbe verziert.

»Hey, hast du mal Tabak für mich?« Das Mädchen lehnte sich neben sie gegen die Bar und verschränkte ihre Arme vor ihrer Brust.

Ihre Handgelenke verschwanden unter breiten, glitzernden Nietenarmbändern und an der linken Hand trug sie einen dieser gestreiften, fingerlosen Handschuhe, die Romy regelmäßig aggressiv machten. Irgendetwas an der Nutzlosigkeit und Asymmetrie machte sie nervös, weckte den Drang in ihr, dem Mädchen den Handschuh von den Fingern zu reißen und am besten auf Nimmerwiedersehen im Klo runterzuspülen.

»Hast du deinen Ausweis dabei, Avril? Rauchen ist erst ab 18.«

Das Mädchen zeigte ihr den Mittelfinger und drehte sich um. Romy lachte ein bisschen vor sich hin, ihre Laune war plötzlich besser geworden. Das Bier hatte es geschafft, ihre Kopfschmerzen in ein fast angenehmes hintergründiges Summen umzuwandeln. Sie nahm noch einen Schluck und wandte sich wieder der Bühne zu. Sie kannte die Set-List von Maxwell's Demon auswendig, die Mischung aus Cover-Songs und selbst komponierten Stücken im Stil »Vampire Weekend meets Emo-Core«. Es war eine Mischung, die sie nie ganz überzeugt hatte, sie musste aber zugeben, sie lieferten immer eine gute Show ab. Florian, der Schlagzeuger, malträtierte ausdauernd sein Drum-Kit und Harrys Finger bewegten sich geschmeidig über die Saiten seines Basses. Marek wand sich beim Singen um den Mikrofonständer, seine schweißnassen Haare klebten ihm im Gesicht, und wenn Jan und er in den Refrains zusammen ins gleiche Mikrofon sangen, Mareks Arm um Jans Schultern, und ihre verschwitzten Wangen aneinanderpressten, jaulte die Menge vor Behagen, und Romy musste tatsächlich über solch aufrichtigen Rock'n'Roll-Geist lächeln.

In dieser Nacht spielte Maxwell's Demon zum ersten Mal ein neues Cover. Als die ersten markanten Töne erklangen, horchte Romy auf, es war *Fall to Pieces* von Velvet Revolver, und Romy fragte sich, wie die Jungs auf die Idee gekommen waren, ausgerechnet dieses Lied in ihr Repertoire aufzunehmen, weil es eigentlich gar nicht passte. Romy freute sich, es war eines ihrer heimlichen Lieblingslieder, die sie nur hörte, wenn sie allein war. Marek sang voller Pathos und als Jan das Gitarrensolo am Ende des Lieds spielte und sich wie der wahrhaftige Slash breitbeinig an den Bühnenrand stellte, die elektrische Gitarre vertikal hielt und klein und schmal fast hinter ihr verschwand, da fand ihn Romy ganz hinreißend uncool und eine Stimme in ihrem Kopf sagte: *Du kannst mit dem Gitarristen der Band nach Hause gehen.* Und Romy fühlte einen Hauch von der in der letzten Zeit so sehr vermissten Aufregung, einen kleinen Nervenkitzel, ihr gefiel die Idee.

Sie bestellte sich einen Whiskey mit Cola und der Typ hinter der Bar fragte:

»Lächelst du immer so nett?«

Wenn Romy jetzt an diesen Abend dachte, was sie so weit wie möglich vermied, dann schämte sie sich tatsächlich, auch wenn sie es sich nicht so ganz eingestehen wollte, denn sie war völlig egoistisch gewesen, hatte keinen Moment an Jan gedacht, der zu ihrem Freundeskreis gehörte, hatte nicht Jan dort auf der Bühne gesehen, sondern den *Gitarristen* der Band, den sie haben konnte, wenn sie wollte, sie, und nicht diese kleinen, trendy Mädchen, die sich vor der Bühne die Füße breit traten.

Vielleicht waren es diese Schuldgefühle, die sie überhaupt dazu gezwungen hatten, über mehrere Wochen eine Art Parodie einer Beziehung mit Jan aufrechtzuerhalten. Sie stellte ihn ihren Eltern vor, die sich tatsächlich zu freuen schienen. Sie übernachteten abwechselnd in ihrem oder in Jans Kinderzimmer, während Romy sich immer unwohler fühlte. Einmal dachte sie, dass vielleicht dies der Grund war für ihre immer stärker werdende Ablehnung Jans: die Peinlichkeit der Nähe ihrer Eltern.

Sie erinnerte sich an das verlassene Haus in der Mühlenstraße zwischen Bruchsal und Heidelsheim. Die Mühlenstraße war eine kurvenreiche, von Büschen und Bäumen gesäumte Landstraße, ein graues Band aus Asphalt zwischen dem Salbach und den Stadtbahnschienen. Die alte Mühle war schon lange nicht mehr in Betrieb. Das einzige andere Haus befand sich gegenüber, direkt an den Bahnschienen. Vielleicht hatte es hier früher einmal eine Haltestelle gegeben. Romy hatte nie danach gefragt, aber als Kind hatte sie jedes Mal, wenn sie auf der Rückbank des Passats ihrer Eltern saß, nach dem Haus Ausschau gehalten. Es war verlassen, so lange schon, wie Romy sich erinnern konnte. Sie stellte sich vor, es lebe noch jemand in dem Haus, ein alter Mann oder eine alte Frau, krumm und heimlich und von der Welt vergessen, oder sie malte sich aus, wie sie von zu Hause weglaufen würde, um sich in dem Haus zu verstecken, nur mit einem Schlafsack und ein paar Vorräten ausgestattet.

Vor einem Jahr war sie zum ersten Mal mit Anja durch die vernagelten Fenster eingebrochen, um ihr bestandenes Abitur zu feiern. Es war ein fast magischer Moment gewesen, so wie damals, als sie noch Kinder waren und Verstecke im Wald bauten, in denen jede alltägliche Geste an Bedeutung zu gewinnen schien. Diese kleinen Hütten aus Ästen, Laub und Holzresten, angefüllt mit grün gefiltertem Licht, hatten sie niemals jemandem gezeigt. Ihre zerkratzten Arme und Schienbeine waren der einzige Hinweis auf ihr Tun gewesen. Wenn die Herbstkälte kam, mussten sie sie verlassen, Wind und Regen ließen sie zusammenfallen, verwischten bis zum Frühjahr alle Spuren.

Als sie aber Jan den zugewachsenen Hang hinaufführte und das lockere Brett vor dem Fenster des verwitterten, unter Efeu verschwindenden Fachwerkhauses beiseite schob, spürte sie den Nervenkitzel, ihren alten Abenteuergeist kaum. Sie kletterten durch das Fenster, die beiden alten Sofakissen, die sie damals mit Anja hierher geschleppt hatte, lagen noch so da, wie sie sie verlassen hatte. Die zerkrümelten Reste von Kerzen und Wachsmalstiften und eine leere Ginflasche lagen unter dem Staub von einem Jahr. Das Bild, das Anja damals betrunken im Kerzenschein mit Wachsmalstiften an die Wand gekritzelt hatte, zwei verzerrte Gesichter unter wirren Haaren, gezeichnet in energischen Linien aus Schwarz und Rot, starrte ihr entgegen, erstaunlich blass und ausdruckslos, jetzt in den schmalen Streifen Tageslicht, die durch die zugenagelten Fenster fielen. Es war nur ein altes, leeres und schmutziges Haus, und Romys Versuch, ein bestimmtes Gefühl, das sie verloren hatte, hier wiederzufinden, machte es noch banaler.

Jan dagegen war begeistert gewesen, er nannte das Haus »ihr Hauptquartier«, besorgte in den nächsten Tagen einen alten Teppich, ein CD-Radio und Decken und zündete ihnen neue, rote Kerzen an, mit deren Wachs er »R+J« auf den Boden tropfte. Romy ließ das alles geschehen, meist schweigend, sie musste sogar zugeben, dass der kleine Raum im Erdgeschoss im Kerzenschein gemütlich wurde. Sie mochte es auch, wenn Jan seine Gitarre dabeihatte und versuchte, ihr einfache Akkorde beizubringen. Aber immer, wenn sie die Buchstaben aus Wachs auf dem Boden ansah, dachte sie: Wie kannst du in mich verliebt sein, wenn ich dich nicht einmal anfassen mag?

*

Eidechsen. Riesige Eidechsen stehen mit glitzernder Haut in der Sonne. Sie recken ihre Häupter in den gleißenden Himmel, ein Kopf so groß wie ein Kind bewegt sich in Zeitlupe hin und her. Eine hellrote Spur zieht sich aus dem Winkel des Mauls, Speichel vermischt mit Blut zeichnet eine gezackte Linie auf den harten Schuppen der Reptilienhaut nach.

Anja wusste, dass sie träumte, so wie sie es meistens wusste. Den Traum von den Eidechsen hatte sie schon so lange, wie sie sich erinnern konnte. Am Anfang hatten sie wie Baukräne über ihr aufgeragt. Jetzt stand sie gleich auf mit ihren länglichen, roten Augen, verlor sich in den tiefen Schatten der faltigen Reptilienhaut. Sie war im Traum gewachsen.

Die Echsen hatten ein Nest gebaut, in einem Feld verdorrter Sonnenblumen, deren hängende Köpfe ein trockenes Knistern von sich gaben. Sie standen grau und tot gegen das Licht, die braunen Blätter so steif und scharf, als könnte Anja sich an ihnen schneiden.

Es waren diesmal zwei Eidechsen, die nebeneinander fraßen. Sie stießen ihre Mäuler abwechselnd in ein seitlich auf dem Boden liegendes Pferd. Sie hatten ihm ein Loch in die Brust gerissen, und doch war es noch am Leben. Anja hörte sein angestrengtes Atmen, sah es blinzeln und seine Nüstern blähen. Die Ränder um die Wunde waren ausgefranst und das Fell um sie herum dunkel verfilzt. In der Mitte lag ein pulsierendes violettes Organ in einem See aus Blut. Das Tier hob nicht den Kopf, sah aber Anja von unten in die Augen, ohne zu blinzeln. Anja streckte die Hand nach der Wunde aus, wollte das Herz in beide Hände nehmen und zudrücken, es zerquetschen, um es anzuhalten. Am liebsten wollte sie dem Tier die Augen schließen. Sie streckte langsam ihre Hand aus, aber die Eidechsen schienen jetzt aufzuhorchen, als hätten sie sie zum ersten Mal bemerkt. Ein flacher Kopf, rotglänzend von frischem Blut, drehte sich nach ihr um. Das Maul öffnete sich weit wie eine Baggerschaufel, als wollte sich der Kiefer aus seinen Angeln heben. Anja hörte ein metallisches Kreischen und bog den Kopf zurück. Sie war so nah, dass das Maul ihr gesamtes Sichtfeld einnahm. Im grellen

Licht entblößten sich vor ihr zwei Reihen länglicher, gelber Zähne in hellrotem Zahnfleisch. Etwas stimmte nicht, sie wusste nicht gleich, was es war, sie sah Schneidezähne und dreieckige Zähne in den Winkeln des Gebisses, stumpf und kurz. Es war ein menschliches Gebiss.

Anja wachte auf, öffnete die Augen, um sie gleich wieder zu schließen. Sie zog sich trotz der Hitze die Decke über den Kopf. Der Traum hatte sich noch nicht ganz verzogen, sie sah noch immer die Zähne vor sich, das langsame Öffnen des Mauls und die hellen, stumpfen Kiesel im dunklen Raum. Dies war ein neues Element des wiederkehrenden Traums. Anja gefiel es nicht, eine Angst hatte sie befallen, während sie schlief. Sie schien sich in ihrem Körper festgebissen zu haben und verließ sie nicht, auch wenn der Albtraum jetzt vorbei war. Sie streckte beide Arme im rechten Winkel von sich, den Kopf behielt sie unter der Decke. So blieb sie eine Weile liegen, wie zur Kreuzigung bereit, und horchte auf das Schlagen ihres Herzens, bis sie ein Klappern aus der Küche kommen hörte.

Mi ist wach, dachte Anja. Sie setzte sich mit einem Ruck auf, warf die Decke beiseite und sprang aus dem Bett, wie sie es jeden Morgen tat. Sie musste den richtigen Moment erwischen, sonst würde sie, wie sie glaubte, unter der Decke liegen bleiben, bis sie irgendwann vergaß zu atmen. Sie wartete den Augenblick ab, den ihr Kreislauf benötigte, um sich daran zu gewöhnen, dass sich ihr Körper jetzt in der Vertikalen befand, und hob das zerknitterte Kleid vom Vortag vom Boden auf.

Als sie auf bloßen Füßen in die Küche tappte, saß Mi schon am Küchentisch und putzte Bohnen für das Mittagessen. Anja warf einen Blick auf die Küchenuhr mit den schweren, eisernen Zeigern. Es war schon nach elf. Eine kurze Panik überkam sie, als liefe sie ihrer eigenen Zeit hinterher, aber sie beruhigte sich wieder. Es war nur das Nichtstun, die ständigen Ferien, seit einem Jahr. Sie setzte sich ihrer Großmutter gegenüber, die sich nicht anmerken ließ, ob sie ihre Anwesenheit überhaupt bemerkt hatte. Sie beugte sich über die Bohnen, hielt das scharfe, kleine Messer, dessen Holzgriff in ihrer Hand über die Jahre hinweg rund und glatt geworden war.

»Soll ich dir helfen?«, fragte Anja.

Aber Mi antwortete nicht, sah nur kurz auf und lächelte. Eine Fliege setzte sich auf ihren Arm. Mi verscheuchte sie nicht.

»Soll ich Kartoffeln schälen?«, fragte Anja ein wenig hilflos und stand auf, um sich den Schäler aus der Küche zu holen.

Aber Mi streckte den Arm nach ihr aus und hielt sie fest.

»Nicht das Messer!«, sagte sie. »Eleanor.«

Anja wurde es plötzlich kalt. Sie löste Mis Finger einzeln von ihrem Arm. Eleanor war ihre Mutter, an die sie keine einzige Erinnerung hatte.

»Mi!«, sagte sie laut. »Omi! Ich bin das. Ich!«

Aber Mi sah nur auf und lächelte, warm wie immer, als sei alles normal, und fragte:

»Kommt Romy heute zum Essen?«

Anja ließ sich wieder auf ihren Stuhl fallen und zuckte mit den Schultern. Sie nahm eine der Bohnen in die Hand, schnitt sie mit ihrem Daumennagel der Länge nach auf.

Es ist nicht, weil sie alt ist, dachte sie. Sondern weil sie keine Freunde hat. Niemanden zum Reden außer mir und Romy. Anja begann, die blassen Bohnensamen aus der Hülse zu kratzen, sie wusste nicht, auf wen sie wütend sein sollte, auf sich selbst oder auf die Leute im Dorf, die Mi mieden, als sei sie tatsächlich eine Hexe. Einmal, als Anja noch ein Kind gewesen war, kurz nachdem sie hier in dieses Haus gezogen waren, waren zwei Frauen aus der evangelischen Gemeinde gekommen. Anja wusste noch, dass sie solche Angst vor den beiden gehabt hatte, dass sie ihre Gesichter nicht richtig erkennen konnte. Sie sah stattdessen zwei Schädel mit ein bisschen gespannter Haut darüber. Die Frauen hatten ihr eine dieser kleinen grünen Bibeln geschenkt, ein Neues Testament, und hatten versucht, an ihr vorbei in das Haus zu spähen. Anja, die die Hand ihrer Großmutter hielt, hatte gemerkt, dass die beiden Mi nicht mochten, dass sie sie ansahen, als sei sie schmutzig oder unordentlich, was sie nicht war. Trotzdem luden sie Mi und Anja zum Gottesdienst am nächsten Sonntag ein. Aber Mi sagte sehr freundlich:

»Vielen Dank. Aber ich habe keinen Gott«, und schloss zu Anjas Erleichterung die Tür.

»… Anja, Anja, hörst du mir zu?« Mi hatte das Messer und die Bohnen beiseite gelegt.

Anja sah sie an und nickte leicht irritiert.

»Ich habe gesagt, ich will nicht, dass du hier bei mir bleibst, weil du Mitleid mit mir hast!« Mis Augen waren jetzt ganz fokussiert, ein faltiger Mundwinkel zog sich trotzig nach oben. »Wenn du hier am Tisch sitzt, siehst du manchmal aus wie eine Märtyrerin, das gefällt mir nicht!«

Anja fühlte sich vor den Kopf gestoßen.

»Ich hab kein Mitleid mit dir!«, sagte sie ärgerlich und wusste, dass sie jetzt den gleichen Gesichtsausdruck trug wie Mi: defensiv und dickköpfig.

Mi nickte kaum merklich und schob ihr die Kartoffeln, die vor ihr lagen, zu.

»Du kannst mir wenigstens mit den Kartoffeln helfen, wenn du schon jeden Tag bis Mittag schläfst!«

*

Anja saß auf den kühlen steinernen Stufen vor ihrer Haustür. Über ihr rankten die dicken, ungezügelten Knöterichranken, die inzwischen fast die gesamte Hausfront bedeckten. Mi hatte einmal gesagt, die Pflanze würde eines Tages stärker als das Haus sein, und hatte dabei seltsam zufrieden geklungen.

Anja duckte sich in den Schatten der Kastanie, die sie und Mi vor elf Jahren gepflanzt hatten, als Zeichen dafür, dass sie hier Wurzeln schlagen würden. Anja war sich nicht sicher, ob es tatsächlich funktioniert hatte, ob sie beide jemals wirklich im Dorf angekommen waren. Sie dachte an die kleine, grüne Bibel, die sie immer noch irgendwo in ihrem Zimmer aufbewahrte. Sie hatte Mi damals gefragt, ob sie sie behalten durfte. Manchmal hatte sie nachts, wenn sie nicht schlafen konnte, in ihr herumgeblättert. Sie erinnerte sich an einen Psalm, in dem von Löwen und Drachen die Rede gewesen war. Sie hatte ihn gleichzeitig befremdlich und anziehend gefunden. Für Anja war alles besser geworden, als Romy ihre Freundin wurde, aber für die anderen Helmsheimer würden Mi und sie selbst wohl immer Fremde bleiben, Zugezogene, wie die Leute es hier nannten.

Anja lehnte vorsichtig ihren Kopf gegen die Hauswand und tastete sanft mit ihren Fingerspitzen über den abbröckelnden, graugrünen Putz. Ihr von Feldern und Obstwiesen umgebenes Haus war immerhin eine Heimat geworden.

Anja blickte gegen den Horizont, folgte den sanften Linien der hügeligen Landschaft, stellte sich vor, wie sie mit ihrer Hand über die gelben und grünen Ähren auf den Feldern strich. Aus der Ferne sahen sie weich aus, genau wie der Wald am Ende des Wegs. Ein kleiner Wind kam auf, ließ die Blätter der Kastanie rascheln und weiße Knöterichblüten auf sie herabfallen. Die Haare auf Anjas Arm stellten sich auf, ihr wurde trotz der drückenden Hitze kalt.

Anja schreckte aus ihren Gedanken, als die Hündin Hanni, die neben der Treppe im Schatten lag, aufsprang, kurz bellte und schließlich in freudiger Erwartung mit dem Schwanz wedelte. Anja sah den Schotterweg hinunter, der zu ihrem Haus führte. Halb erwartete sie Romy, statt ihrer näherte sich allerdings ein Mädchen mit langen blonden Haaren, die ihm ganz uncharakteristisch über die Augen fielen, es schüchtern erscheinen ließen. Anja stand auf und lächelte. Ihr fiel auf, dass Isa noch nie allein bei ihr gewesen war.

»Hey«, sagte sie, »keine Schule heute?«

»Erster Ferientag. Ich war gerade spazieren, da dachte ich, ich schau mal vorbei.« Isa nahm sich beide Kopfhörer aus den Ohren, einen Moment lang hörte Anja den blechernen Klang der neuesten Aufnahme von Maxwell's Demon, dann schaltete Isa ihren MP3-Player ab.

Anja grinste:

»Ziemliche Hitze für einen Spaziergang.«

Isa sah tatsächlich mitgenommen aus, feuchte Haarsträhnen klebten ihr im Gesicht, ihr hellgraues T-Shirt zeigte dunkle Schweißflecken auf der Brust. Isa wohnte in Heidelsheim, mehrere Kilometer von Helmsheim entfernt, es war nicht wahrscheinlich, dass sie zufällig hier vorbeikam. Sie musste die Stadtbahn nach Helmsheim genommen haben, mit dem erklärten Ziel, Anja aufzusuchen. Anja bemerkte dunkle Schatten um Isas blaue Augen, sagte aber nichts. Sie deutete auf die Stufen vor der Haustür.

»Setz dich doch, wir können auch reingehen, aber drin ist es noch heißer als draußen. Meine Oma kocht gerade.«

Isa schien einen Moment zu überlegen, Anja wusste, wie fasziniert sie von ihrer Großmutter war. Die wenigen Male, die sie mit ihr gesprochen hatte, nutzte sie, um sie mit unverhohlener Neugier und leuchtenden Augen auszufragen. Mi hatte mit ihrem Lachen geantwortet, das die Falten in ihrem Gesicht liebenswert machte und ihre dunklen Augen aufblitzen ließ. Anja waren solche Augenblicke immer peinlich, ohne dass sie genau wusste wieso. Einerseits hatte sie das Gefühl, dass Leute wie Isa Mi als eine Art Jahrmarktsattraktion betrachteten, als faszinierend und exotisch, aber nicht ganz ernst zu nehmend. Dies machte Anja wütend, löste das Gefühl in ihr aus, Mi beschützen zu müssen. Andererseits merkte Anja auch, wie wohl Mi diese Aufmerksamkeit tat, wie sie jedem bisschen Interesse an ihrer Person entgegenfieberte. Auch dies war Anja irgendwie peinlich.

»Ach«, meinte Isa schließlich, »hier ist besser, ich geh mir nur schnell ein Glas Wasser holen, ja?«

Anja nickte, und als Isa nach ein paar Minuten mit zwei Gläsern Limonade zurückkam, saßen sie einen Moment lang schweigend. Anja hatte den Blick wieder in die Ferne gewandt, ihre Aufmerksamkeit blieb diesmal aber bei dem Mädchen neben ihr. Sie musste nicht lang warten.

»Sag mal ...«, Isa zögerte einen Moment. »Entschuldige, dass ich dich damit nerve ...« Sie brach wieder ab, stellte das leere Glas auf die Stufe zwischen ihnen. »Es ist wegen Marek, ich glaube, er könnte vielleicht ...« Sie holte einmal tief Luft und schüttelte sich die Haare über die Schulter. »Glaubst du, er könnte eine andere haben?«

Anja war ehrlich erstaunt.

»Wie kommst du darauf?«

Isa zuckte nur mit den Schultern, ein bisschen hilflos.

»Nein«, sagte Anja schließlich, »kann ich mir nicht vorstellen.«

Isa wirkte nicht erleichtert. Sie lachte kurz auf, als sei ihr die Frage peinlich gewesen.

»Ach, ich weiß gar nicht mehr, was ich denken soll!«, meinte sie schließlich ärgerlich. »Marek interessiert sich überhaupt nicht mehr für mich. Wenn wir uns treffen, dann redet er immer nur über die blöde Band. Ich meine, wir sehen uns ja sowieso nur am Wochenende, und dann hängt er trotzdem immer mit Jan rum, du glaubst nicht, wie mir die Scheißband zum Hals heraushängt.« Sie lachte heiser auf, schüttelte den Kopf dabei. »Die glauben immer noch, sie werden berühmt.«

Anja sagte nichts, wollte sich nicht auf die eine oder andere Seite schlagen. Sie konnte sich nicht so richtig vorstellen, wie es für Isa sein musste, wie es war, in jemanden verliebt zu sein. Es war ihr außerdem ein Rätsel, wie jemand eine Person lieben konnte und gleichzeitig das ablehnen, was dieser Person am meisten bedeutete. Aber sie merkte auch, wie hilflos und unsicher sich Isa fühlte, die sonst mit großen Schritten voranzuschreiten schien, die Handküsse in die eine Richtung werfen und Faustschläge in die andere

austeilen konnte, wenn es sein musste. Jetzt saß sie vorn-
übergebeugt, die Haare fielen ihr lang über das Gesicht, die
Spitzen streiften über den staubigen Kies am Boden. Anja
fiel ein, dass Isa auf dem Weg zu ihr Maxwell's Demon gehört hatte, immerhin gab sie sich also Mühe, Marek besser
zu verstehen, und Anja war sich tatsächlich auch nicht sicher, ob Marek Isa jemals auf ähnliche Weise entgegenkam.

»Ich meine ...«, Isa sprach leise weiter, sie klang traurig,
»er gibt mir nie einfach mal so einen Kuss oder nimmt mich
in den Arm oder so ... Am Anfang habe ich gedacht, er
ist nur schüchtern, aber es ist immer schlimmer geworden.
Manchmal glaube ich, er findet mich nicht ...« Isa brach ab,
warf den Kopf nach hinten. »Ach, vergiss es ...«

Anja wusste nicht recht, was sie Isa raten sollte.

»Also deine Schuld ist das auf keinen Fall ... Vielleicht
solltest du mal mit Romy reden«, meinte sie, »die kennt
Marek besser als ich.«

Und Jan, fügte sie in Gedanken hinzu, weil sie den Eindruck hatte, er hatte irgendetwas mit der Sache zu tun.

»Na ja«, meinte Isa, »in letzter Zeit führen die ja irgendwie Krieg miteinander, ich glaube kaum, dass er ihr irgendetwas gesagt hat ... Oder glaubst du etwa ... Marek und
Romy?« Sie sah plötzlich erschrocken aus. »Natürlich, ich
meine, das wäre doch typisch. Scheiße!«

Sie stieß ihren Fuß so fest auf den Boden, dass der Kies
vor ihr wegspritzte.

»Nein!« Anja musste fast lachen, hielt sich aber zurück,
als sie Isas gequältes Gesicht sah. »Auf gar keinen Fall! Die
haben nichts miteinander, das wüsste ich doch.«

»Romy hat wohl ihre ganz eigenen Probleme«, sagte Isa
erstaunlich kalt, wie Anja fand.

Romy sollte vielleicht wirklich besser aufpassen, was sie tat und sagte, wenn sie nicht irgendwann all ihre Freunde verschrecken wollte. Alle außer mir, dachte sie resigniert.

»Sie muss weniger trinken«, sagte sie leise, eher zu sich selbst als zu Isa.

Isa lachte auf, eindeutig gehässig: »Ja, wenn sie nicht aufpasst, hat sie sich in einem Jahr die Leber weggesoffen.«

»Vielleicht nicht nur ihre, ich meine, wenn sie wirklich ein Kind ...«, Anja sprach ohne nachzudenken. Sie biss sich auf die Lippen, wollte zurücknehmen, was sie gesagt hatte. Manchmal passierte es ihr, dass sie nicht merkte, mit wem sie sprach, dass sie Geheimnisse ausplauderte, die nicht ihre eigenen waren. Aber vielleicht hatte Isa die Anspielung nicht verstanden, Anja hatte leise gesprochen, eher wie zu sich selbst, bestimmt hatte sie nichts gehört, Isa war ja viel zu sehr in ihr eigenes Problem vertieft ...

Anja warf ihr einen Seitenblick zu, sah sie kurz irritiert blinzeln. Ihre Lippen öffneten sich, doch sie blieb stumm.

*

Marek fluchte, als ihm die Bücherkiste auf die Füße fiel. Er lernte gerade schmerzhaft, dass man keine Umzugskisten packen durfte, die nur Bücher enthielten. Jans Bücher, fügte er in Gedanken hinzu, als er, immer noch leise vor sich hin fluchend, der Kiste einen ordentlichen Tritt versetzte. Doch trotz aller Anstrengung konnte er sich ein Grinsen nicht verkneifen, eigentlich grinste er schon seit Tagen unaufhörlich wie ein Vollidiot. Seitdem er wusste, dass sie die kleine Zweizimmerwohnung, WG-tauglich, hinter dem Bruchsaler Gefängnis bekommen hatten.

Es war viel schneller gegangen, als er gedachte hatte. Jans Mutter hatte ihnen geholfen, sie kannte den Besitzer des Hauses. Jan und er hatten sich die 55 Quadratmeter angesehen. Die beiden Zimmer waren beinahe gleich groß, in die Küche passte ein Esstisch, das winzige Bad hatte nur eine Dusche, aber wen störte das schon? Sie waren sich sofort einig gewesen, dass die Wohnung perfekt für sie war.

Sie waren schnell fertig geworden mit dem Umzug. Mehr als ein Sofa, Matratzen, einen Karton voller Kleidung, ein paar Bücher und Jans Akustikgitarre brauchten sie nicht. Je weniger sie hatten, desto weniger musste sauber gemacht werden, hatte Marek gedacht, und hatte dankend abgelehnt, als seine Mutter ihm das zwölfteilige Service mit dem Blumenmuster, Zustand: tadellos, schenken wollte.

Er fand es geradezu aufregend, nur drei verbogene Gabeln zu besitzen und ein paar angeschlagene Tassen und Teller. Jan und er hatten sie zusammen auf dem Flohmarkt ausgesucht. Ihre Töpfe und Pfannen hatten sie bei Jan in der Garage gefunden. »Original Achtzigerjahre«, hatte Jans Vater stolz erklärt.

In seinem kleinen WG-Zimmer in Heidelberg hatte er sich immer mehr wie ein Besucher gefühlt als wie zu Hause. Immerhin hatte er es möbliert gemietet, was er damals praktisch gefunden hatte, und auch die Möbel und Gegenstände in den Gemeinschaftsräumen waren nicht seine eigenen gewesen. Mit einer einzigen Fuhre hatte er all seine Sachen hierher transportieren können.

Die erste Kiste, die sie auspackten, enthielt Mareks Stereoanlage. Sie legten die Demo-CD auf, die sie vor ein paar Monaten für fast umsonst im Jugendzentrum aufgenommen hatten. Maxwell's Demon tönte in voller Lautstärke durch die Wohnung. Wie ein Kanonenschlag, um sie willkommen zu heißen.

»Wir kriegen Ärger mit den Nachbarn«, schrie Jan gegen die Musik an, »gleich am ersten Tag!«

»Scheiß drauf!«, grölte Marek euphorisch und begann, mit seiner eigenen Stimme in Harmonie zu singen, mehr schlecht als recht. Jan lachte, lehnte sich mit dem Rücken gegen die Wand. Die Wand in meinem Zimmer in meiner eigenen Wohnung, dachte Marek, und plötzlich kam ihm eine Idee.

»Hey«, rief er, »gib mir mal deinen Edding!«

Jan runzelte die Stirn, zog aber wie gewünscht den violetten Permanentmarker, den er immer mit sich herumtrug, aus seiner hinteren Hosentasche. Marek fing ihn aus der Luft, riss die Kappe mit seinen Zähnen herunter, holte weit aus und schrieb in großen Buchstaben dort an die Wand, wo er zufällig stand: »SCHEISS AUF DIE NACHBARN«. Nachdem er den Stift abgesetzt hatte, trat er einen Schritt zurück, um sein Werk zu betrachten. Er war unglaublich zufrieden mit sich, das musste das Beste gewesen sein, das er je in seinem Leben getan hatte: eine Unabhängigkeitserklärung, ein Akt der Freiheit. Es fühlte sich ein bisschen so an, wie wenn er auf der Bühne stand.

Jan war inzwischen neben ihn getreten. Als Marek ihm den Edding zurückgab, fand er in dessen Gesicht offene Bewunderung.

»Cool«, sagte er, »ganz unwahrscheinlich cool.«

»Gib mir mal dein Handy.« Marek hatte noch eine Idee.

Er nahm Jans neues iPhone, das dieser aus der Küche geholt hatte, entgegen, machte ein Foto von der Wand und postete es direkt auf seine Pinnwand bei Facebook. Darunter schrieb er: »Einzugsparty heute Abend. Wir bitten um Getränkespenden!«

Er zeigte Jan den kleinen Bildschirm, bevor er auf »Posten« klickte. Jan grinste und nickte.

*

Später am Abend, als schon ein paar Leute mit einem Kasten Bier und ein paar Flaschen Hartem vorbeigekommen waren, um den Einzug zu feiern, hatte Marek immer noch nichts weiter ausgepackt, aber immerhin ein paar Poster an die Wand genagelt. Er fand den Raum so schon sehr wohnlich, wohnlicher als sein altes Kinderzimmer auf jeden Fall, aus dem er fast nichts außer dem alten Sofa mitgenommen hatte, unter dem Jan und er fast zusammengebrochen waren, als sie es durch das enge Treppenhaus in den zweiten Stock manövriert hatten. Er versuchte, den Gedanken an seine Mutter zu verscheuchen, an ihren Gesichtsausdruck, als er ihr gesagt hatte, er würde ausziehen.

Es war ganz anders gewesen als vor einem Jahr, als er sich das Zimmer in Heidelberg genommen hatte, denn schließlich war er fast jedes Wochenende zurück nach Hause gefahren. Zu seiner immer besorgten und einsamen Mutter, in sein Zimmer, in dem immer noch das Poster mit der 1993er Mannschaft des Karlsruher SC hing: Sergej Kiriakow und Edgar Schmitt im Sturm. Damals konnte er noch nicht einmal lesen, er hatte die Buchstaben unter dem Mannschaftsfoto nicht entziffern und doch fast jeden Spieler beim Namen nennen können. Sein Vater hatte ihn damals an den Wochenenden mit ins Stadion genommen, hatte ihm sorgfältig seinen KSC-Schal um den Hals geschlungen. Marek saß auf seinen Schultern, während die Spieler auf das Feld aufliefen. Er sang das Badener Lied mit, die Hymne der Region, ohne die Worte richtig zu verstehen, die Hände im Haar seines Vaters oder frei in den Himmel gestreckt. Er erinnerte sich, wie sein Herz einen kleinen Sprung machte, wann immer der Stürmer Edgar Schmitt in Großaufnahme auf dem Bildschirm zu sehen gewesen war. Er fand damals, er sähe seinem Vater ähnlich, mit dem dunklen in die Stirn fallenden Haar, auch wenn er dies niemals laut gesagt hätte. Es war sein Geheimnis, es war ihm ein wenig peinlich, auch wenn er bis heute nicht verstand wieso.

Als sein Vater gestorben war, hatte Marek aufgehört, sich für Fußball zu interessieren. Der KSC-Schal fand schließlich seinen Weg auf den Dachboden, wo seine Mutter auch die Dinge ihres Mannes aufbewahrte. Der Raum war ihr Gedächtnis geworden, war angefüllt mit verstaubter Erinnerung an bessere Tage, von der sie sich nicht trennen konnte. Vielleicht fühlte sich Marek zu Hause auch deshalb immer so eingeengt, weil es ein Haus war, in dem die Vergangenheit konserviert wurde, ohne dass jemals darüber gesprochen wurde.

Aber »zu Hause« ist ja jetzt hier, dachte Marek zufrieden. Er saß in seinem Zimmer auf dem Boden, den Rücken zur Wand, und ließ seinen Blick über seine im Raum verteilten Freunde und Bekannten schweifen. Die Luft war schon schwer von Zigarettenrauch. Isa, die neben ihm saß, stand auf, murmelte irgendetwas von Eiswürfeln und verschwand in der Küche.

Gerade johlten Harry und Flo, die zweite Hälfte von Maxwell's Demon, motivierend auf, als Jan stolperte und dabei zwei halb volle Bierflaschen umstieß. Er drehte sich leicht schwankend nach Marek um, ein haltloses Grinsen über das ganze Gesicht, betrunkener, als Marek zuerst gedacht hatte:

»Sorry, Mann!«

»Scheiß drauf!« Marek grinste zurück und warf einen dreckigen Pullover über die nasse Stelle, um das Bier aufzusaugen.

Jan ließ sich neben Marek auf den Boden sinken, Harry hatte ihn schon wieder mit einem neuen Bier ausgestattet. Sie sollten wohl bald Nachschub holen. Er nahm Jan die Flasche aus der Hand und nahm einen langen Zug.

»Hey!« Jan grapschte nach der Flasche, verfehlte sie aber um Zentimeter.

»Wow«, sagte Marek, »ich glaube, du hattest deine Dosis«, und hielt das Bier außer Reichweite. »Außerdem sind schon genug Flecken auf dem Teppich.«

Jan sah ihn von der Seite an, unfähig, seinen Blick auf Marek zu fixieren. »Naja«, meinte er ein wenig schleppend, »dein Zimmer musste doch noch ordentlich getauft werden. Du weißt schon, wie bei einer Schiffstaufe. Nur mit Bier.«

»Und ohne Schiff.«

»Yeah!«

»Dann müssen wir dein Zimmer auch noch taufen, Matrose!«

Jan sprang auf die Füße, seine Augen glitzerten feucht: »Aye-aye, Kapitän!«

Er packte Marek ein bisschen ungeschickt am T-Shirt und zog ihn auf die Beine. Marek kicherte. Albern, dachte er, aber egal. Jan zog ihn hinter sich her, die Finger immer noch in die dünne Baumwolle von Mareks T-Shirt vergraben. Marek fühlte, wie seine Knöchel durch den Stoff hindurch über seine Brust streiften, so deutlich, als würden sie einen Abdruck hinterlassen. Die kleine Party hatte sich bis jetzt auf Mareks Zimmer beschränkt, wo der Bierkasten stand, die Tür zu Jans Zimmer war geschlossen. Er stieß sie auf und machte, Marek hinter sich herziehend, drei unkoordinierte Schritte nach vorn, worauf sie beide fast über ein wild knutschendes und sich aneinander reibendes Pärchen stolperten, das es sich auf Jans Bett bequem gemacht hatte. Jan ließ Marek endlich los.

»He, ihr Perversen!« Jan trat dem Jungen nicht gerade sanft in die Seite.

Marek dachte, er habe die beiden noch nie irgendwo gesehen, vielleicht hatten sie die Tür offen stehen gesehen und waren einfach reingelaufen, bereit, jede Möglichkeit für ungestörtes Knutschen auszunutzen. Sie lagen ineinander verschränkt wie siamesische Zwillinge und sahen sich auch in Kleidung und Make-up ähnlich wie Geschwister. Emo-Zwillinge, dachte Marek und musste lächeln, fast tat es ihm leid, dass Jan versuchte, sie hinauszuwerfen, es kam ihm wie eine Gewalthandlung vor, sie auseinanderzuzwingen.

»Das da ist mein Bett! Ich will da kein fremdes Sperma drauf.« Jan trat noch einmal zu, während Marek versuchte, diese Aussage gar nicht erst in sein Bewusstsein einsickern zu lassen.

Das Mädchen war inzwischen aus seiner Trance aufgeschreckt. Sie gab einen komischen gurgelnden Laut von sich und zog sich ruckartig ihr T-Shirt über den entblößten Bauch. Dann sprang sie auf die Füße, schnappte ihren Freund am Handgelenk, der immer noch so aussah, als wüsste er nicht, wo er sich befand, und zog ihn mit einem mörderischen Blick aus ihren schwarzverschmierten Augen nach draußen. Jan stand einen Moment wie orientierungslos da:

»Sag mal, kennst du die?«

Marek schüttelte stumm den Kopf.

»Hast du den Typen gesehen? Der benutzt den Lidschatten seiner Freundin.« Jan klang ungläubig.

»Scheiß doch drauf.« Marek lachte und fragte sich, ob dieser Satz jetzt unwiderruflich zu seinem Mantra geworden war. Er drückte die Tür hinter ihnen zu, sie waren jetzt allein im Zimmer. Marek wusste schon gar nicht mehr, wozu sie eigentlich rübergegangen waren, wo die Party doch nebenan stattfand. Aber Jan hatte sich inzwischen auf sein unordentliches Bett fallen lassen, das aus nicht mehr als einer schlecht bezogenen Doppelmatratze, einem Schlafsack und ein paar Kissen bestand. Er holte Zigaretten, Blättchen und eine kleine Plastikdose heraus und begann, einen Joint zu drehen. Marek ließ sich neben ihn fallen und sah ihm eine Weile dabei zu. Die geschlossene Tür dämpfte das Kreischen und Ächzen des letzten Albums der Babyshambles. Marek lehnte sich auf seine Ellbogen zurück und genoss den Moment der relativen Ruhe, bis Jan neben ihm zu fluchen anfing. Seine unkoordinierten Finger waren völlig überfordert mit dem dünnen Zigarettenpapier und dem bröselig trockenen Tabak.

»Gib schon her«, Marek hielt die Hand auf, die ihm Jan mit einer unordentlichen Mischung aus goldbraunem Tabak, durchsetzt mit hellgrünem Marihuana, einem zerknickten, lockeren Pappfilter und schlecht zusammengeklebten Blättchen füllte, die Marek vorsichtig wieder auseinanderzog. Er ließ sich Zeit mit dem Joint. Jan hatte sich nach hinten fallen lassen und die Augen geschlossen. Vielleicht schlief er, seine dunkelblonden Wimpern, die nicht so ganz zu dem blauschwarz gefärbten Haar passen wollten, lagen bewegungslos gegen die blasse Gesichtshaut. Mareks Blick suchte Jans hellen, ungefähr einen Zentimeter weit herausgewachsenen Haaransatz, er versuchte, sich vorzustellen, wie Jan mit seiner natürlichen Haarfarbe, Straßenköterblond, aussehen würde. Es gelang ihm nicht ganz, es war lange her, aber ein seltsames, diffuses Gefühl von Wärme machte sich in seinen Eingeweiden breit. *Best friends*, dachte er. Auf Englisch, denn auf Deutsch wäre es ihm aus irgendeinem Grund peinlich gewesen. Er lächelte und baute seinen Joint zu Ende.

Als er den ersten Zug inhalierte, ließ auch er sich nach hinten fallen, er spürte jetzt zum ersten Mal die Schmerzen vom Möbel- und Kistenschleppen in seinen Armen, morgen würde er einen ausgewachsenen Muskelkater haben. Jan nahm ihm den Joint aus der Hand. Doch nicht eingeschlafen. Marek hielt seine Augen geschlossen, das Marihuana war guter Stoff, die paar Züge, die er genommen hatte, hatten ihn in einen angenehmen Schwebezustand versetzt. Die Matratze unter ihm war weich und er spürte Jans warme Anwesenheit neben sich, obwohl sie sich nicht berührten. Es gab überhaupt keinen Grund, sich zu bewegen. Auch als die Türklingel durch die Musik hindurch tönte, blieb er so, und immer noch, als Jan neben ihm sagte:

»Die Tür.«

»Geh du doch!«

»Nee.«

Marek fühlte sich grinsen, sollten doch die anderen aufmachen.

Kurz darauf hörte er ein Poltern im Flur, dann Romys lautes, leicht heiseres Lachen. Er setzte sich mit einem Ruck auf, kämpfte einen Moment mit seinem protestierenden Kreislauf. Die gute Laune von eben war wie aus ihm herausgefegt, er fühlte sich irritiert und verspannt. Er hatte Romy nicht eingeladen, was wollte sie hier? Und schon beim Hereinkommen musste sie ein Spektakel veranstalten! Er blickte zu Jan rüber, versuchte einen strengen Gesichtsausdruck. Jan zuckte nur leicht mit den Schultern, den linken Mundwinkel entschuldigend nach oben gezogen, zu betrunken oder high, um sich um irgendetwas zu scheren.

Marek beschloss, Romys Anwesenheit einfach zu ignorieren. Am liebsten würde er hier mit Jan sitzen bleiben, die Tür von innen abschließen, rauchen und sich unterhalten, bis es draußen hell wurde. Aber er sollte wahrscheinlich zu Isa ins andere Zimmer zurückgehen, sie würde sonst wieder sauer werden und behaupten, er kümmerte sich nicht genug um sie, obwohl sie sich in den Ferien fast jeden Tag sahen. Marek seufzte, hatte jetzt tatsächlich Kopfschmerzen. Alle schienen verrückt zu werden im Moment, schienen kurz vor dem Durchdrehen.

»Hey«, sagte er, »ich geh mal eben nachschauen, was Isa so treibt …«

Jan zuckte mit den Schultern. Auch er stand mühsam auf.

Als Marek in sein Zimmer trat, sah er Isa mit einer ihrer Freundinnen vom Gymnasium in einer Ecke stehen. Er steuerte auf sie zu, entschied sich dann aber anders und ging auf die Fenster zu. Es war inzwischen so stickig und heiß in der Wohnung, dass sein rotes T-Shirt, mit dem er sich den Schweiß aus dem Gesicht wischte, ganz dunkel vor Nässe wurde. Der Zigarettenrauch, der unbewegt im Zimmer stand, brannte ihm in den Augen. Er dachte kurz darüber nach, die Raucher in die Küche zu verbannen, ließ es aber bleiben. Einen Moment lang wurde ihm speiübel, er würgte kurz und trocken, seine schweißnassen Handflächen glitten über die stützende, kühle Wand. Dann hatte er sich wieder im Griff.

Romy stand am Fenster, ganz so, als wollte sie ihn provozieren. Sogar wenn sie ihm den Rücken zukehrte, fühlte er sich von ihr angegriffen. Ihr dunkler Pferdeschwanz war unordentlich, am Nacken lösten sich verfilzte Haarsträhnen daraus, als hätte sie sich seit Wochen nicht mehr gekämmt. Ihr weißes Tanktop war voller schwarzer Flecken und die langen, engen Jeans waren kunstvoll zerlöchert.

Dabei tut sie nur so, dachte Marek gehässig. Sie tut nur so, als sei es ihr egal, was andere von ihr denken. In Wirklichkeit plant sie ihr Auftreten genau: hat sich die Löcher mit Sandpapier in die Hose gerieben und das Motoröl mit voller Absicht ins T-Shirt geschmiert. Um »anti« zu sein, dachte er. Gegen alles. Und allen überlegen. Marek biss sich auf die Lippen. Du bist nicht echt, Romy. Du spielst uns nur was vor.

Er begrüßte sie nicht, als er sich wortlos an ihr vorbeiquetschte, und verpasste ihr außerdem wie zufällig einen leichten Stoß mit dem Ellbogen, als er das Fenster weit aufriss und tief einatmete. Kurz fühlte er sich besser, bis er merkte, dass die Nachtluft da draußen nicht weniger warm und schwer war als die des in helles Licht getauchten Zimmers. Statt des Rauches beherrschte sie dieser feuchte, leicht schimmelige Geruch, der typisch für die Sommer hier war. Der faulige Atem eines Sumpfes, dachte Marek und stellte sich riesige rote Blüten voll klebrigem Blütenstaub vor. So wie hier musste es auch in den Tropen riechen, dachte er, bevor er sich angeekelt vom Fenster abwandte.

Romy sagte irgendetwas zu ihm, er hörte aber nicht hin, drehte sich nicht nach ihr um. Stattdessen seufzte er einmal tief, setzte sich zu Isa auf den Boden und legte seinen Arm um sie. Isa lächelte ihn an:

»Na, alles klar?«

Marek nickte und begann, sie mit offenem Mund zu küssen. Isa schien einen Moment lang irritiert, wich kaum merklich zurück, ließ sich dann aber auf den Kuss ein. Marek dachte kurz an das Pärchen in Jans Zimmer, das so voneinander absorbiert gewesen war, dass nichts und niemand um sie herum etwas gezählt hatte. Er fasste in Isas weiches Haar, ließ seine Finger hindurchgleiten, fühlte die Form ihres Kopfes. Isa machte ein kleines, heimeliges Geräusch. Als Marek die Augen öffnete und ein paar Zentimeter zurückwich, waren ihre Augen geschlossen. Er erkannte den tranceartigen Gesichtsausdruck des Jungen von eben wieder und war sich sicher, er selbst sah nie so aus, war noch niemals so verliebt und schön gewesen.

Sein Blick wanderte an Isas Gesicht vorbei, er küsste sie weiter, beobachtete aber gleichzeitig, was im Zimmer geschah. Außer seinem großen Graffiti vom Nachmittag fanden sich jetzt noch andere mit Kugelschreiber und Edding verfasste Wahrheiten an der Wand. Marek konnte von seinem Platz aus »Rebekka und Julia waren hier« und

»Never change a winning rosinante« oder so ähnlich lesen. Anja saß mit ebenjener Rebekka auf dem Sofa, die gerade eine vogelartig zuckende Kopfbewegung in ihre Richtung machte. Anja lachte und zog ihre Knie an die Brust. Ihre dreckigen Schuhe schrammten über das Sofapolster. Jemand machte Fotos mit seinem Telefon. Auf dem Boden, ein bisschen abseits, saßen Jan und Romy, in ein Gespräch vertieft. Marek beobachtete sie durch Isas Haare hindurch, sah sie durch dieses fein leuchtende Gespinst, und plötzlich zog sich sein Magen ganz kalt zusammen, denn die beiden schienen sich tatsächlich gut zu verstehen. Gerade beugte sich Jan nah an Romys Ohr heran, um die Musik zu übertönen. Das schwarze Haar fiel ihm in die Augen. Marek sah, wie sich seine Lippen bewegten, weiße Zähne blitzten feucht auf. Gleich verzieht sie ihr Gesicht, dachte er, gleich schlägt sie zu.

Aber Romy lächelte. Sie sah sogar irgendwie erleichtert aus und freundlich, sie nickte leicht. Marek spürte, wie die Wut wieder in ihm brodelte. Wieso konnte Romy Jan nicht einfach in Ruhe lassen?

Er schloss die Augen, es war genug jetzt. Er nahm Isa ein bisschen fester in die Arme und versuchte, nur an sie zu denken. Er wusste, dass er sich wie ein Arsch verhielt, er wusste nur nicht, wie er es abstellen sollte.

*

»Falscher Alarm«, sagte Romy laut, als sie die kleinen erdbeerroten Flecken in ihrer Unterhose fand, »falscher Alarm.« Einen Moment lang wurde ihr schwindelig, dann übel, dann fühlte sie sich ganz leicht, so leicht wie vielleicht noch nie. So glücklich konnte man über diese unnötige, degradierende Funktion des weiblichen Körpers sein. Romy klebte eine Binde in ihren Slip, sie hasste Tampons, und zog ihre Hose wieder nach oben. Und plötzlich spürte sie auch die altbekannten und verhassten Unterleibskrämpfe, doch heute fühlten sie sich warm und heimelig an. Ich bin wieder da, dachte sie, grinste und stellte sich ihren Gesichtsausdruck vor: schneidig und überlegen.

Mit demselben Lächeln auf den Lippen ging sie die Treppe hinunter in die Küche, wo ihre Mutter gerade die Spülmaschine einräumte. Ohne weiter darüber nachzudenken, ging ihr Romy dabei zur Hand, was sie sonst nie tat. Sie merkte erst nicht, dass ihre Mutter einen Schritt beiseitetrat und sie ansah. Als sie schließlich aufsah, eine Spur des Lächelns noch in den Mundwinkeln, kreuzte ihr Blick kurz den ihrer Mutter, die stumm blieb, erstaunt, mit einem ganz leichten Glanz über den Augen, den Romy sich wahrscheinlich nur einbildete. Aber es war dennoch ein guter Moment zwischen ihnen, einer, der etwas wiedergutzumachen schien. Romy erinnerte sich daran, dass es nicht immer so schwierig zwischen ihnen gewesen war, sie erinnerte sich, wie sie, als sie noch zur Schule gegangen war, mit ihrer Mutter über alles Mögliche reden konnte, über Lehrer, ihre Freunde, ihr Leben. Erst nachdem sie selbst erwachsen geworden war, selbst Verantwortung für ihr Leben übernehmen sollte, war dieser Dialog plötzlich verstummt.

Später am Tag erhielt Romy eine SMS von Jan: »Da du ja nie mehr im Internet bist: Einzugsparty heute Abend bei uns, Alkohol umsonst, nur wenn du Lust hast … bring Anja mit.«

Romy überlegte einen Augenblick, noch gestern hätte sie sich maßlos über solch eine Nachricht geärgert, sie für eine riesige Anmaßung gehalten.

Jetzt war sie seltsam frei von Wut, so wie sie es schon lang nicht mehr in Bezug auf Jan gewesen war. Wahrscheinlich war sie vor allem wegen dieser *Paranoia* so wütend auf Jan gewesen. Sie ärgerte sich jetzt, dass sie sie vor Anja, ja sogar vor sich selbst, zugegeben hatte. Wegen dreieinhalb Wochen über dem Termin! Der menschliche Körper ist ja keine Maschine, nicht einmal der weibliche, dachte sie mit einem leichten Anflug von Ekel. Sie hatte Jan mit dieser Angst in ihrem Unterleib in Zusammenhang gebracht, wahrscheinlich hätte sie ihn deshalb am liebsten vernichten wollen.

Aber das ist ja Wald-und-Wiesen-Psychologie, dachte sie und schüttelte den Kopf. Es musste möglich sein, zivilisiert mit Jan umzugehen, vielleicht sollte sie es einfach einmal versuchen. Um den Frieden der Gruppe willen, dachte sie, wenn es sonst schon zu nichts nütze sein sollte. Sie dachte kurz an Marek, an die Freundschaft, die sie früher mit ihm verbunden hatte. Es war nie eine tiefe Freundschaft gewesen, niemals so wie mit Anja, eine Kindheit voll intensiver Zweisamkeit lässt sich nicht so einfach aufholen, aber inzwischen war es fast genauso schwierig, mit ihm auszukommen, wie mit Jan. Das ist die Solidarität zwischen Männern, dachte sie sarkastisch. Aber das würde sie wieder hinkriegen, sie würde einmal im Leben etwas wiedergutmachen. Kurzentschlossen wählte sie Anjas Nummer.

*

Romy stützte sich auf Anja ab, als sie die Stufen zu Anjas Haus hinaufstolperten. Anja hatte darauf bestanden, nach der Party selbst nach Hause zu fahren, obwohl sie gar keinen Führerschein hatte. Romy hatte sich erst nur widerwillig gefügt, sich dann aber völlig entspannt auf den Beifahrersitz sinken lassen. Den Kopf an die Scheibe gelehnt, hatte sie leise vor sich hin gesummt, irgendein Lied von My Chemical Romance, dessen Titel sie vergessen hatte.

»Ich hab dir das beigebracht«, hatte sie zu Anja gesagt, als sie schließlich unversehrt in den Feldweg, der auf das Haus zuführte, einbogen. Sie fühlte sich stolz wie ein Vater: *Meine Kleine kann schon Auto fahren.* Oder vielleicht eher stolz wie eine Mutter, aber sie traute sich immer noch nicht, das Wort zu denken.

Romy lachte laut auf, amüsiert über sich selbst, aber Anja zischte sie zur Ruhe. *Weck die Großmutter nicht auf, sie schläft in ihrem Pfefferkuchenhaus.* Romy musste schon wieder ein Lachen unterdrücken, sie hielt sich die Hand vor den Mund, als ob das etwas nützen würde, schon zog Anja sie hinter sich her in ihr Zimmer.

»Ich muss aber mal pinkeln.« Romy machte sich los, taumelte von der Bewegung, fing sich aber wieder.

»Ist in Ordnung, aber sei gefälligst leise.«

»Jaja, bin ich doch immer!« Romy knallte gegen die geschlossene Tür zum Badezimmer. Sie hörte Anja hinter sich leise seufzen. Arme Anja, dachte Romy fröhlich, meine beste Freundin.

Als Romy in Anjas Zimmer trat, lag diese schon im Bett, die Nachttischlampe neben ihr brannte. Romy streifte ihre Schuhe ab, ohne sie aufzuschnüren, wobei sie schon wieder beinahe umfiel, was eine neue Lachsalve auslöste. Sie wollte noch nicht schlafen gehen, war viel zu wach und gut gelaunt. Sie hielt sich nicht damit auf, sich noch weiterer Kleidungsstücke zu entledigen, sondern legte sich neben Anja ins Bett auf den Rücken. Anja schaltete sofort das Licht aus, was Romy ein bisschen ärgerte. Wie konnte sie jetzt schlafen, wo alles wieder gut sein würde?

»Jetzt wird alles wieder gut«, sagte Romy, falls Anja es vielleicht noch nicht begriffen hatte, und hörte dabei selbst, wie verwaschen ihre Stimme klang. »Ich habe mit Jan geredet.«

»Jaha«, Anja klang genervt, »hab ich gesehen. Hast du auch schon gesagt.«

»Wir streiten jetzt nicht mehr.«

Marek hatte sie immer noch den ganzen Abend über finster angestarrt, aber Romy war sich sicher, Jan musste ihm die Sache einfach einmal erklären. Von Mann zu Mann. Romy stellte sich die beiden vor, Jan mit erhobenem Zeigefinger, Marek brav nickend mit gesenktem Kopf. Sie musste wieder lachen.

»Ist gut jetzt«, Anja wollte schlafen.

»Sei doch nicht so«, Romy war plötzlich gekränkt.

»Wie denn?«

»Langweilig.«

Anja seufzte und drehte sich zur Wand: »Schlaf jetzt.«

Romy machte die Augen zu, dann wieder auf. Das Zimmer um sie herum drehte sich sanft, es war fast angenehm, aber mit geschlossenen Augen erhöhte sich die Geschwindigkeit. Das konnte sie nicht riskieren.

Ihre Augen hatten sich inzwischen an die Dunkelheit gewöhnt und sie ließ ihren Blick über Anjas Kram wandern, über die mondbeschienenen Taschenbücher, die sich die Wände hoch stapelten. Anja sammelte Bücher ein, wo sie sie finden konnte. Romy kannte niemanden, der so oft irgendwo ein verlorenes Buch aufspürte. Als ob sie sie riechen konnte. Manchmal gingen sie auch zusammen in den unordentlichen Laden, der Gerümpel aus Wohnungsauflösungen verkaufte. Anja war es egal, was in den Büchern stand, man musste ihnen nur ansehen, dass sie gelesen waren, je zerlesener desto besser, Bleistiftanmerkungen am Rand waren ein wahrer Schatz. Romy wunderte sich schon lang nicht mehr über diese Marotte. Einmal hatte sie Anja ein Buch gekauft, 1953 gedruckt, die Seiten so porös, dass man sie ohne Mühe mit dem Fingernagel aufschlitzen konnte. Es hatte einen unglaublich blöden Titel gehabt, etwas wie *Karoline, ein Mädchen geht seinen Weg* oder *Katharine, eine Frau setzt ihren Kopf durch*. Anja hatte mit dem Finger über den Einband gestrichen, einen Moment in die Stille gelauscht und dann auf die ihr eigene, nach innen gerichtete Art gelächelt, und Romy hatte gewusst, *Karoline* oder *Katharine* war ein Glücksgriff gewesen. Sie fragte sich, ob Anja diesen schimmeligen Band jemals gelesen hatte. Wahrscheinlich verrottete er hier im Zimmer, fiel in der hohen Luftfeuchtigkeit des Sommers auseinander, bis irgendwann die Mäuse ein Nest darin bauen würden.

Romy überfiel unverhofft eine Welle der Zuneigung. Wie konnte man so irre sein wie Anja, dachte sie, und dabei gleichzeitig so vollkommen normal, oder besser: Wie schaffte Anja es, so zu sein, wie sie war, ohne kaputtzugehen? Das wollte sie Anja fragen oder ihr schlicht sagen, dass sie ihre einzige und beste Freundin war. Aber Anja schlief ja schon, wollte nichts mehr von Romy hören.

Romy seufzte laut und versuchte noch einmal, die Augen zu schließen. Diesmal ging es. Scheiße, dachte sie noch erschrocken, langsam werde ich zu einer sentimentalen Besoffenen. Dann verloren sich ihre Gedanken.

*

Romy und Anja saßen im Schatten der Kastanie vor dem Haus. Romy fühlte sich klebrig und schmutzig, nachdem sie die Nacht in ihren verschwitzten und verrauchten Kleidern geschlafen hatte. Sie überlegte kurz, Anja nach einem frischen T-Shirt zu fragen, vielleicht nach dem neuen, auf dem in krakeliger Schrift stand: *Please push needles into my body*, ließ es dann aber bleiben, es war die Anstrengung nicht wert. Romy lehnte sich gegen den Baumstamm. Es war still um sie herum, kein Wind bewegte sich in den Blättern über ihnen, kein Vogel sang und der Himmel war vollkommen leer, als hätte jemand die Zeit angehalten.

»Sag mal, Anja«, Romy wollte diese unnatürliche Stille unbedingt brechen, »warum hat man das Gefühl, dass die Zeit immer schneller vergeht?«

»Weil es so ist«, Anja klang wissenschaftlich, »die Erde dreht sich immer schneller um sich selbst, deshalb verliert man heutzutage auch so leicht die Bodenhaftung.«

»Fliegkraft«, sagte Romy und grinste, ihr gefiel die Idee.

»Genau.«

Irgendwo im Hintergrund brummte ein Traktor, der Moment war umgeschlagen, die Blätter über Romy bewegten sich wieder.

»Lass uns an den Baggersee fahren.« Romy stellte sich eine smaragdgrüne Wasseroberfläche vor, von dunkelgrünem, stillem Wald umgeben.

»Weißt du, wie warm der See jetzt ist?« Anja sah angeekelt aus. »Wie Pisse!«

Romy zuckte mit den Schultern, Anja hatte recht, bei so vielen Leuten, wie da immer reingingen, war der Vergleich wahrscheinlich gut gewählt. Außerdem war Sonntag, die rechtschaffen arbeitende Gesellschaft hatte also Zeit, den See zu belagern.

»Isa hat gefragt, ob Marek was von dir will!« Anja klang beiläufig.

Romy lachte: »Hat die sie noch alle?«

»Na ja ...«, Anja strich sich das hellblonde Haar aus den Augen, »das würde schon einiges erklären.«

Romy wartete, aber Anja sprach nicht weiter. Romy war ein bisschen verblüfft:

»Glaubst du das wirklich?«

Anja schüttelte den Kopf, schien kurz nachzudenken, dann grinste sie schief und schüttelte noch einmal mit Nachdruck den Kopf. Romy war erleichtert.

»Also«, sagte sie, »was machen wir mit dem angebrochenen Tag?«

Anja zuckte mit den Schultern, sichtbar planlos.

Romy sah zu ihrem Auto rüber, das ein paar Meter von ihnen entfernt in der Sonne stand, die Reflexe in der Windschutzscheibe so grell, dass sie die Augen zusammenkneifen musste. Drinnen musste es kochend heiß sein.

»Hast du schon mal versucht, Eier auf einer Motorhaube zu braten?« Romy lachte, sie hatte tatsächlich Lust auf das Experiment.

»Echt?« Anja klang begeisterter als gedacht. »Okay«, ihre dunklen Augen blitzten und sie sprang auf, »bin gleich wieder da.«

Romy sah ihr nach, als sie im Haus verschwand, wahrscheinlich hatte ihnen die Hitze die Gehirne weichgekocht, aber sie war zufrieden damit.

*

Am Ende fuhren sie doch an den See. Isa hatte Anja auf dem Handy angerufen, sie überredet:

»Nur wir Mädels, kommt schon!«

Da Romy sowieso hatte gehen wollen, hatte Anja nachgegeben. Sie hatten ein paar Handtücher, Badesachen, eine Plastikflasche Leitungswasser und Sonnencreme auf den Rücksitz des Fords geworfen. Anja hatte sich einen Moment lang gewundert. Nach Isas unerwartetem Besuch neulich hätte sie nicht erwartet, dass Isa Lust hatte, einen lustigen Freundinnen-Nachmittag mit Romy und ihr zu verbringen. Aber vielleicht wollte sie sich die beiden noch einmal zusammen vorknöpfen. Anja seufzte, beschloss, nicht weiter daran zu denken. Wahrscheinlich war es wirklich das Beste, die Angelegenheit so schnell wie möglich aus der Welt zu schaffen. Es war ja auch lächerlich: Marek und Romy! Dagegen waren Jan und Romy ja direkt ein Traumpaar gewesen.

Anja war wirklich erleichtert gewesen, als Romy ihr auf dem Weg zu Jans und Mareks Party in einem Nebensatz erzählt hatte, dass sie doch nicht schwanger war. Eigentlich hatte sie nie richtig geglaubt, dass Romy tatsächlich die Anfänge eines Kindes in ihrem Unterleib trug. Die Vorstellung war viel zu erschreckend gewesen, zu groß für sie, die sich selbst noch eher wie ein Kind als eine Erwachsene fühlte. Dennoch war die Erleichterung, die sie fühlte, größer, als sie gedacht hätte.

Anja trug ihre neue Sonnenbrille, die sie in einem Altkleidersack des Deutschen Roten Kreuzes gefunden hatte, für das sie ein paar Stunden die Woche für wenig Geld arbeitete. Die Sonnenbrille hatte einen hellroten, transparenten Plastikrahmen in Leopardenmuster und Romy fand sie abscheulich. Sie hatte gesagt, Anja sähe damit aus wie Carla Columna auf LSD, aber Anja hatte beschlossen, dies als ein Kompliment aufzufassen.

Sie hatten die Fensterscheiben auf beiden Seiten des Autos komplett heruntergekurbelt, aber sogar der Fahrtwind, der bei 70 km/h ins Auto pfiff, war warm. Anja streckte ihren Arm aus dem Fenster. Die Landstraße führte sie gerade durch den Wald und die Sonnenstrahlen, die ihren Weg durch das Blätterdach hindurch fanden, malten ein Muster aus hellgrünem Licht auf ihren nackten Unterarm. Es gefiel ihr, mit Romy im Auto zu sein, sie mochte es, die Landschaft an ihr vorbeiziehen zu sehen, den Wald und die Felder, die sich über die sanften Hügel zogen, und die Büsche, die links und rechts neben dem Asphalt die Straßenränder säumten. Efeuranken verbanden sie, machten sie zu Zerrbildern von Menschen und seltsamen, archaischen Tieren. Fast mochte Anja sogar die Hitze im Auto, die sich weich und schwer auf ihre Glieder legte, die ihre Gedanken zäh fließen ließ und gleichzeitig ihre Wahrnehmung zu verändern schien. Ihr Sichtfeld schien sich mühelos zu erweitern: Lass dich durch die Landschaft treiben, den Blick rundum, stell dir vor, du bist der

Bussard am Himmel, zieh deine langsamen Kreise, dort, über dem hellblauen Ford am Boden, der so klein aussieht wie eine Maus.

Vielleicht sollten Romy und sie eine längere Reise machen, dachte Anja voll diffuser Sehnsucht, einen Roadtrip, eine Fahrt ohne Ziel, nur der Bewegung willen. Aber heute war es nur ein kurzer Ausflug, nur zwei Dörfer weiter, schon bald lenkte Romy den Ford geschickt in eine der wenigen freien Parklücken vor dem See. Anja kurbelte ihre Scheibe nach oben, schnappte sich die Sachen vom Rücksitz und schlug die Tür zu. Irgendetwas unter der Motorhaube des Escorts summte noch leise, als scharrte das Auto ungeduldig mit den Füßen. Sie stellte sich vor, auch der Ford wollte noch weiterfahren.

Der Baggersee streckte sich leuchtend grün vor ihnen aus. An die fernen Ufer grenzte der Wald, die Baumaschinen im abgesperrten Teil hoben sich dunkel gegen den blendend hellen Himmel ab. Anja dachte mit Sehnsucht daran, wie der See aussah, wenn sie im Frühjahr hierherkamen, in den ersten warmen Tagen des Jahres. Die dunkle Wasseroberfläche lag dann unberührt und schien ein Geheimnis zu bergen, einen Riesenkraken oder einen Killerwels vielleicht, der mit fauligen, fingerlangen Zähnen über den Grund schabte. Sie liebte es, früh aufzustehen, um als Erste am See zu sein, wenn die anderen entweder noch schliefen oder in der Schule oder auf Arbeit saßen. Jetzt drängelten sich in Ufernähe kleine Kinder, nur mit grellbunten Schwimmflügeln bekleidet, und braun gebrannte Jugendliche. Das Wasser spritzte weiß auf. Erst weit draußen wurde es ruhiger, hinter den Bojen waren nur vereinzelt nassdunkle Köpfe zu sehen. Auf der Liegewiese mischten sich sommerliche Geräusche und Gerüche: Unterhaltungen, Gelächter, Musik – Zigarettenrauch, Pommes frites und Sonnenmilch.

Romy und Anja liefen Slalom durch die vielen auf der Liegewiese verteilten Gruppen und Paare, um ihre übliche Stelle zu besetzen, und fanden dort schon Isa und außer ihr Jan und Marek vor, die ihre Rücken in die Sonne hielten. Marek spähte ihnen über den Rand seiner Sonnenbrille entgegen, während Jan lässig zwei Finger zum Gruß hob. So viel zu »nur wir Mädels«, dachte Anja, und sofort begann eine leise Besorgnis an ihr zu nagen.

»Ich bin vorhin bei Marek gewesen«, erklärte Isa, »die Jungs haben so gebettelt, dass sie mitdurften, dass ich einfach nicht Nein sagen konnte.«

»Eigentlich«, Marek drehte sich auf den Rücken, »hat Isa gebettelt. Sie war zu faul, mit dem Rad zu fahren, und ich habe das Auto.«

»Ja«, schaltete sich Jan ein, dessen von Natur aus bleiche Haut schon eine leichte Röte angenommen hatte, »und Marek hatte keine Lust, nur mit Chicks rumzuhängen, also hat er mich gezwungen mitzukommen.«

»Wer ist hier ein Huhn?« Romy legte die Stirn in Falten, Anja wurde sofort unruhig. »Wenn ich ein Huhn bin, dann bist du ein Welpe oder so was.«

Anja sah erleichtert, dass Jan lächelte. Er verzog sein Gesicht zu einer hervorragenden Imitation eines leidenden Hündchens, große flehende Augen, und winselte ein paarmal in Romys Richtung.

Marek streichelte ihm über das Haar, kraulte ihn hinter den Ohren: »Ist ja gut, Waldo, das Leben ist eben manchmal hart! Ich kaufe dir nachher ein Eis!«

Jan reckte seinen Kopf der streichelnden Hand entgegen und begann, freudig mit heraushängender Zunge zu hecheln. Anja und Romy lachten mit den anderen. Alles in Ordnung, dachte Anja, endlich entspannt. Sie holte ihr Buch heraus, eine Kurzgeschichtensammlung von Flannery O'Connor, begann aber noch nicht zu lesen. Vielleicht sollte sie zuerst ins Wasser gehen, dachte sie, sie hatte aber keine Lust. Der See war so voll, dass man sich kaum würde frei bewegen können, und er würde tatsächlich warm wie Pisse sein. Sie breitete ihr Handtuch aus und zog ihre Sandalen und die Hose aus, ließ aber ihr T-Shirt über dem Bikini an. Isa und die Jungs waren anscheinend schon schwimmen gewesen, ihre Haare waren feucht und auf Isas gebräuntem Rücken glitzerten noch ein paar Wassertropfen.

Romy weigerte sich immer aus Prinzip, schwimmen zu gehen, als wäre das eine Handlung unter ihrer Würde. Anja wusste wirklich nicht, warum Romy sie immer wieder überredete, hierherzufahren. Wahrscheinlich, dachte sie amüsiert, weil es eine einmalige Gelegenheit war, Isas Frauenzeitschriften auszuleihen, *Amiga* oder *Glitter* oder wie sie alle hießen. Gerade streckte Romy ihren Arm aus, um das kleinformatige Heft entgegenzunehmen, das Isa ihr reichte. Anja lächelte, Romy hätte nie im Leben zugegeben, dass es ihr Spaß machte, solch einen Schund zu lesen, trotzdem schien sie bei der Lektüre regelrecht absorbiert. Manchmal schnaubte sie verächtlich oder machte Anja auf die Absurdität der weiblichen Existenz aufmerksam, die sich ihrer Meinung nach in Cellulitisparanoia, der ewigen Frage, wie man seinen »Traumprinzen« findet, und den 30-Dingen-die-man-vor-30-erledigt-haben-muss ausdrückte. Anja nickte dazu und grinste pflichtschuldig, aber Isa schüttelte nur den Kopf und zog Romy irgendwann das Heft aus den Fingern.

Anja hatte inzwischen ihr Taschenbuch aufgeschlagen und es sich gegen die Sonne über die Augen gelegt. Sie genoss es, unter ihren Freunden zu sein, ohne etwas sagen zu müssen. In der Sonne zu liegen, war wahrscheinlich die einzige Möglichkeit, die dies ohne Peinlichkeit erlaubte. Auch ihre Besorgnis von vorhin, Jans und Romys wegen, hatte sich erst einmal gelegt. Romy hatte ihr erzählt, die beiden hätten sich auf der Party ausgesprochen, hätten die Waffen niedergelegt und auf den Frieden angestoßen. Aber Anja war skeptisch geblieben, denn sie wusste: Gebrochener Stolz und verletzte Gefühle lauern immer nah unter der Oberfläche der Vernunft, bereit hervorzuspringen wie ein Kastenteufel.

Manchmal fand sie, sie dachte viel zu viel über sich und ihre Freunde nach, verschwendete all ihre Gedanken und all ihre Zeit auf die winzig kleine Gruppe von Menschen, die ihr etwas bedeuteten. Es ist alles, was ich tue, dachte sie und sah kurz Mi vor ihren geschlossenen Augen: das Gesicht voll tiefer Falten, die Augenbrauen spitz nach oben gezogen, anklagend. Vielleicht hat sie ja Mitleid mit mir, dachte sie, weil ich nichts tue, nichts außer denken, keine Entscheidungen für mich selbst treffen kann.

Mit Romy schien es ganz ähnlich zu sein: Nach dem Abitur war sie einfach stehen geblieben, erst hatte sie gesagt, sie wolle ein halbes Jahr arbeiten, bevor sie entscheiden würde, was sie tun würde, ob sie studieren würde, ob sie aus Bruchsal weggehen würde, was auch immer. Nachdem das halbe Jahr vorbeigegangen war, hatten sie nie wieder über die Zukunft gesprochen. Sie vermieden beide das Thema wie die Pest, schwiegen darüber mit Gewalt. Es hielt sie zusammen, dieses Schweigen.

Anja wusste, Romy wollte Bruchsal verlassen, wusste, dass das Reihenhaus ihrer Eltern sie krank machte, dass all die gleichen und sich ewig wiederholenden Gesichter, denen sie täglich begegnete, sich immer mehr abnutzten. Eins ging in das andere über und dennoch begann Romy, sich in ihnen zu spiegeln, sodass sie langsam alles und alle verachtete, sogar sich selbst. Anja hatte den Verdacht, Romy hatte Jan deswegen so verachtet, weil er so offensichtlich und uneingeschränkt in sie verliebt gewesen war, weil er etwas geliebt hatte, das Romy selbst als unwürdig und schwach betrachtete.

Aber auch wenn sie dies alles wusste, sprach Anja nicht mit Romy darüber, wie sie es sonst immer tat, denn dies war etwas, das sie gar nicht wissen wollte. Sie wollte nicht daran denken, wie es hier sein würde, wenn Romy wegginge. Sie sah sich zusammen mit Mi in einem Meer aus Staub versinken, in der Zeit eingefroren. Mittwochs und freitags würde sie weiterhin für das DRK arbeiten, obwohl sie das Geld überhaupt nicht brauchte. Sie arbeitete, um sich den Anschein zu geben, etwas zu tun, und um zu vergessen, wovon sie eigentlich lebte.

Anja schüttelte den Kopf unter ihrem Buch, hob es hoch und schlug die Seite auf, die sie mit einem getrockneten Kleeblatt markiert hatte, ließ es dann aber wieder auf ihr Gesicht sinken. Immer noch besser, über andere nachzudenken, als über mich selbst, dachte sie mit einem leichten Schaudern.

Sie konnte sich nicht auf ihr Buch konzentrieren, lauschte stattdessen dem beiläufigen Gespräch der anderen, das ausnahmsweise einmal frei von Spannungen zu sein schien.

Sie fand es entspannend, hörte bald nur noch das leichte Auf und Ab der Stimmen, fast wie aus der Ferne.

Sie musste kurz eingedöst sein, denn plötzlich ließ sie Mareks aggressiver Tonfall aufschrecken:

»Wenn du noch einmal etwas gegen Isa sagst, dann ...«

Anja setzte sich auf. Das Buch fiel ihr von den Augen. Marek und Romy waren aufgestanden, standen sich kampfbereit gegenüber. Anja wusste nicht, worum es ging, sie schaute hilfesuchend zu Jan und Isa hinüber, die ihrerseits erschrocken zwischen Romy und Marek hin und her blickten.

»Was dann?«, Romy klang verächtlich. »Haust du mir dann eine rein? Als ob du dich das trauen würdest.«

Sie breitete die Arme aus, einladend, und winkte Marek mit den Fingern zu sich heran wie jemand aus einem Tarantino-Film, das verzerrte Gesicht verächtlich und herausfordernd.

Jan war inzwischen auch aufgestanden, überwachte die beiden wie ein Ringrichter. Runde eins ist eröffnet, dachte Anja, gleichzeitig besorgt und fasziniert, als sähe sie einem Theaterstück zu.

»Sie hat es doch nicht böse gemeint«, ließ Isa von sich hören.

Marek schien dies aber nur noch wütender zu machen. Er machte eine abrupte Bewegung nach vorn und hob seinen Arm. Romy zeigte nicht die kleinste Regung, sie blieb, wie sie war: trotzig abwartend.

»Sie hat dich ein kleines Mädchen genannt!«, blaffte Marek jetzt Isa an.

»Ich habe gesagt, sie *fängt* wie ein Mädchen. Was wahr ist!« Romy verschränkte die Arme vor der Brust.

Anja fiel aus allen Wolken, Marek reagierte völlig falsch, denn Romy nannte Isa tatsächlich ständig ein Mädchen, ohne irgendetwas damit zu meinen, früher hatte er darüber gelacht. Selbst Isa ließ sich damit nicht reizen, normalerweise rettete sie die Situation mit Bemerkungen wie: *Ein Mädchen und stolz darauf!* oder etwas Ähnlichem.

»Sie hat es wirklich nicht böse gemeint, stimmt doch, Romy, oder?« Jan versuchte, mit Romy Blickkontakt aufzunehmen, mit den gleichen flehenden Welpenaugen, die sie vorhin alle zum Lachen gebracht hatten.

Romy zuckte mit den Schultern. »Tja, wer weiß … Isa weiß schon, was ich meine«, sie zwinkerte Isa kurz zu, fast verschwörerisch, »nur ihr Macker, der große Alpha-Marek, der muss den starken Mann rauskehren«, sie bewegte sich auf Marek zu, legte ihm schließlich den Finger auf die Brust und schaute ihm fest in die Augen, »dabei traut er sich nicht einmal, wirklich etwas zu tun.«

Sie hatte noch nicht ganz zu Ende gesprochen, da hatte ihr Marek schon einen Stoß vor die Brust versetzt, der sie rückwärts taumeln und schließlich zu Boden gehen ließ. Jan reagierte sofort, er packte Marek mit einem festen Griff um die Brust. Er wehrte sich nur einen kurzen Moment und wurde schließlich still, stand mit hängenden Armen in Jans Griff. Er sah plötzlich müde und ein bisschen hilflos aus, als sei er derjenige gewesen, der angegriffen worden war.

Anja hatte sich inzwischen neben Romy gehockt, die jetzt im Schneidersitz dort auf dem Boden saß, wo sie hingefallen war. Sie verzog keine Miene, hatte den Blick abgewandt, als ob sie sich mehr für die anderen Baggerseegäste interessierte als für den Streit, an dem sie teilnahm.

»In Ordnung«, sagte sie nur leise auf Anjas unausgesprochene Frage.

Isa hatte inzwischen begonnen, wütend ihre Sachen in ihre Tasche zu werfen, sie würdigte Marek und Romy keines Blickes mehr.

»Was ist jetzt mit dir los?«, Marek klang verzweifelt. Isa schnaubte laut durch die Nase, ohne aufzublicken.

»Ich hab dich doch verteidigt!« Marek klang flehend, fast tat er Anja leid, obwohl es nicht in Ordnung gewesen war, Romy zu schubsen, egal, was sie zu ihm gesagt hatte. Aber er zog jetzt auch die Aufmerksamkeit der anderen Badegäste auf sich und Jans Gesichtsausdruck sagte ihr, dass im Moment niemand auf seiner Seite war.

Anja verstand ihn nicht, sie hatte verstehen können, dass Marek wütend geworden war, als Romy jede Gelegenheit genutzt hatte, Jan zu verletzen. Aber mit Isa hatte das nichts zu tun. Anja wusste, dass Romy Isa gut leiden konnte, und all die kleinen Dinge, über die sie sich regelmäßig lustig machte, wie Isas Frauenzeitschriften, ihre Einkaufstouren mit den Freundinnen, waren eingespielt, eher humorvoll als gehässig, und Isa wusste das auch und konnte sehr wohl zurückgeben.

»Lass uns gehen«, sagte Isa, die Tasche fertig gepackt, »ich will nach Hause.«

»Und was ist, wenn ich nicht gehen will?« Marek war dabei, seinen Standpunkt auf lächerliche Weise bis aufs Letzte zu verteidigen. »Soll *die* doch gehen!« Er zeigte auf Romy, die lediglich die Augenbrauen hob, sie schien genug zu haben.

»Mann!« Isa warf ihre Tasche auf den Boden. »Du bist doch in sie verknallt, gib es endlich zu!«

Anja beobachtete fasziniert die wechselnden Emotionen, die sich auf Mareks Gesicht malten: Überraschung, Unglaube, Verachtung. Er trat einen Schritt von Isa zurück und spuckte, als er sprach, als seien ihm die Worte ekelig:

»Was ist mit dir los? Hast du deine Tage oder was?«

Isa holte aus, ihre langen Haare flogen ihr um den Kopf, als sie Marek mit voller Wucht ihre flache Hand ins Gesicht knallte. Dann standen beide reglos. Jan sah aus, als würde er jeden Moment anfangen zu heulen. Romy klatschte ein paar Mal langsam in die Hände.

»Gut gekämpft, *Mädchen*!«, sagte sie anerkennend und dann leise nur zu Anja: »Das hat er verdient.«

Anja nickte.

»Komm schon!«, sagte sie schließlich und stieß Romy mit dem Ellenbogen an. »Der Tag ist gelaufen.«

Sie schwiegen auf dem Heimweg, jede in die eigenen Gedanken versunken. Anja hatte ihr Fenster nach oben gekurbelt, sie hatte eine Gänsehaut. Obwohl die Spätnachmittagssonne immer noch groß und unverdeckt am Himmel stand, standen ihr alle Haare zu Berge. Sie hielt sich am Armaturenbrett fest, die Angst war da, Angst, Angst. Sie fühlte sich wie manchmal, wenn Romy betrunken fuhr. Das Auto kam ihr nicht sicher genug vor, es war nur ein dünnes Stahlskelett auf Rädern, Anja fühlte sich nach allen Seiten verwundbar.

Romy hielt den Ford vor Anjas Haus an, machte ihn aber nicht aus. Anja griff nach hinten, um sich ihr Handtuch und die Sonnenmilch zu schnappen. Ihre Bewegungen waren langsam, mit Absicht umständlich. Sie wollte nicht allein nach Hause gehen, auch wenn es nur noch ein paar

Meter den Schotterweg entlang waren. Sie fühlte sich unsicher wie ein kleines Kind und ärgerte sich darüber, aber sie fragte trotzdem:

»Kommst du noch kurz mit rein?«

Aber Romy schüttelte den Kopf.

»Nee, ich muss heim, meine Eltern kriegen sonst einen Anfall«, sie klang ruhig, als fände sie das ganz normal.

»Du bist aber keine zwölf mehr!« Anja erschrak sich darüber, wie sauer sie klang. Immer noch wie ein kleines Kind, dachte sie, eines, das seinen Willen nicht bekommt. Aber Romy schien nicht verärgert zu sein, sie lächelte sogar, wirkte erstaunlicherweise ganz gelassen.

»Du weißt schon«, sagte sie entschuldigend, »solange ich meine Füße unter ihren Tisch strecke und so weiter ...«

Bitte, wollte Anja sagen, tat es aber nicht, sondern versuchte zu lächeln, als Romy mit quietschenden Reifen anfuhr.

Schon war sie allein. Sie blickte unsicher auf ihr eigenes Haus, das still und friedlich wie immer fast unter den dicken Knöterichranken verschwand. Es sind nur ein paar Meter, sagte sie sich, du gehst sie jeden Tag. Es war hell, die Sonne schien, ein paar Vögel sangen ihr frühes Abendlied. Aber Anja wusste, dass das Grauen nicht nur in der Dunkelheit kam. Es gab keine Monster unter ihrem Bett, keine Geister in ihrem Schrank, diese Vorstellung hatte sie schon als Kind zum Lachen gebracht. Die Dinge, die ihr Angst machten, sah sie am hellsten Tag und in gleißenden Farben. Sie wollte sie selbst nicht Visionen nennen. Sie wusste, sie kamen nicht von irgendeiner höheren Kraft, sondern lauerten in ihrem eigenen Gehirn, gehörten auf irgendeine Art zu ihrem Wesen. Nicht vor Monstern hatte

Anja Angst, auch nicht vor dem, was sie sah, sondern nur davor, dass sie nicht wusste, was es bedeutete und ob es überhaupt etwas bedeutete. Wenn sie sich erst in ihre völlig irrationale Angst hineingesteigert hatte, fühlte sie sich so einsam und schuldig, als sei sie der letzte Mensch auf diesem Planeten, auf dem sonst alles Leben ausgetilgt worden war. Die Welt um sie herum schien sich zu verzerren, es war ihr, als könne sie die Krümmung der Erde unter sich spüren, die sie aus dem Gleichgewicht bringen wollte.

Anja läuft, zitternd vor Angst, und weiß nicht wovor. Da huscht etwas vor ihr auf den Weg, stellt sich groß und dunkel auf. Anja bleibt stehen. Nein, groß ist es nicht, kein Schattenwesen aus dem Reich der Fantasie, nur eine Katze, die ihre Haare in alle Richtungen sträubt. Anja seufzt erleichtert, all die Angst, diese lächerliche Angst, fällt von ihr ab. Sie will die Katze mit dem Fuß verscheuchen, aber sie steht wie festgewachsen, als bohre sie Wurzeln in die Erde, und reckt weiter ihren Buckel in die Höhe. Sie sieht Anja an, blickt ihr direkt in die Augen und faucht: Sie öffnet langsam ihr Maul, die Öffnung wird größer, schon ist sie unnatürlich weit und rund. Anja hört von irgendwoher ein metallisches Kreischen. Etwas stimmt nicht, Anja merkt erst nicht, was es ist, bis ein stumpfer Eckzahn vor ihr blitzt. Die Katze trägt ein menschliches Gebiss.

August

omy saß in dem kleinen, rechteckigen Garten ihrer Eltern und dachte an den Herbst, obwohl es gerade erst August geworden war. Sie wusste nicht, woran es lag, es war immer noch heiß wie im Juli. Keine Regenwolke befleckte den Himmel, nur ein paar Kondensstreifen von Flugzeugen, die so weit über ihr flogen, dass sie kein Geräusch machten. In irgendeinem Nachbarsgarten brummte ein Rasenmäher, aus einer anderen Richtung übertönten laute Kinderstimmen ein Radio, all dies waren typische Sommergeräusche.

Im Herbst verkriechen sich die Menschen wenigstens in ihre Häuser, dachte Romy, wäre es Herbst, hätte sie hier draußen jetzt ihre Ruhe. Sie sehnte sich plötzlich heftig nach einem Wetterwechsel, nach Kühle, dem ersten Frost und klarer Luft. Vor allem aber nach Stille, dachte Romy, dass mich alle einmal in Ruhe lassen. Sie wollte nichts mehr hören müssen, weder von ihren Eltern, die ihr, ganz subtil, selbstklebende Zettel mit Einschreibungsfristen für verschiedene Universitäten ins Zimmer klebten, noch von Jan, weil er immer Marek im Schlepptau hatte, der für sie seit dem Nachmittag am See gestorben war. Vielleicht nicht einmal von Anja, die in ihrem stummen oder artikulierten Verständnis so traurig und hilflos wirkte, dass es einer Anklage gleichkam.

Sie hatte seit über einer Woche niemanden gesehen, hatte ihr Handy abgeschaltet und sich am Telefon verleugnen lassen. Ihre Eltern hatten sich bedeutungsvolle Blicke zugeworfen, die sie geflissentlich übersehen hatte. Sie hatte die letzten Tage hier im Garten liegend zugebracht, meist war sie sogar zu faul gewesen, das Buch, das sie gerade las, auch nur aufzuschlagen. Einmal hatte ihre Mutter sie zaghaft gefragt, ob sie ihr nicht beim wöchentlichen Einkauf helfen wollte. Romy hatte mit den Schultern gezuckt und war mühsam aufgestanden. Später hatte sie stumm an der Supermarktkasse gestanden und mechanisch Toastbrot, Gemüse und abgepackten Aufschnitt auf das Band gelegt, ohne aufzusehen.

Romy erschrak über sich selbst, sie fühlte sich plötzlich um Jahre älter, als sie war: Geh doch gleich ins Altersheim, Mädchen, das ist doch wohl das, was du willst, dachte sie. Keiner erwartet dort mehr von dir, als dass du brav deine Suppe isst und nachts nicht in die Windeln machst. Viel mehr bekommst du im Moment ja sowieso nicht zustande.

Super, dachte sie, so weit ist es also schon mir dir gekommen: Nach der Schule beginnt der Herbst des Lebens. Romy lachte laut auf, das passierte ihr in letzter Zeit öfter, sie deutete es als ein Zeichen beginnenden Wahnsinns.

Aber im Altersheim arbeitete immer noch Jan, womit sich ihre Gedanken einmal im Kreis gedreht hatten. Sie hatte auf Jans und Mareks Einweihungsparty wirklich gedacht, sie hätte sich mit Jan so weit versöhnt, dass sie wieder Freunde sein konnten. Aber jetzt war sie sich nicht mehr sicher. Alles schien aus den Bahnen zu laufen. Sie schauderte kurz und wischte den Gedanken beiseite.

Es war besser, an den Herbst als Jahreszeit zu denken. Er bringt kalten Wind, fährt ihr durch die Haare und dringt mit eisigen Fingern bis auf die Kopfhaut vor, um den letzten Rest des klebrigen Sommerschweißes mit sich fortzutragen.

Es ist schon albern, dachte Romy, dass man sich Frost wünscht, wenn es heiß ist, und umgekehrt. Es war keine neue Erkenntnis, aber sie hörte nicht auf, albern zu sein.

Romy schloss die Augen und versuchte, an überhaupt nichts zu denken, aber ihre Gedanken hatten sich schon in einer Erinnerung verloren, eine Erinnerung an einen Herbsttag mit Anja, als sie beide zwölf Jahre alt gewesen waren. Sie waren mit Anjas Schäferhündin, die damals fast noch ein Welpe mit kippenden Ohrspitzen und voll unbändiger Energie gewesen war, durch die Helmsheimer Weinberge gestreift, die voller reifer Trauben hingen. Romys Hände waren klebrig, nachdem sie Frucht um Frucht von den Reben gestreift hatte. Sie liefen den steilen Hang, den Wengert, um die Wette nach oben, jede auf ihrer abgesteckten Bahn zwischen den an Latten und

Drähten befestigten knotigen Weinstöcken. Romy stolperte schließlich mehr, als dass sie lief, fühlte ihre Beine kaum noch, aus denen sie das Letzte herausholte. Am Ende schien sie nur noch aus ihrer schmerzenden Lunge und ihrem eisernen Willen, durchzuhalten, zu bestehen. Dennoch kam Anja vor ihr oben an und wartete dort heftig atmend auf sie. Die blonden Haare klebten ihr an der verschwitzten Stirn, aber die Augen darunter blitzten lebendig und voller Tatendrang, während die Hündin unermüdlich um sie herum sprang, als hätten sich die beiden erst für den richtigen Lauf aufgewärmt.

Dort oben streckten sich Getreidefelder, Obstwiesen und brache Grasflächen vor ihnen aus. Es lag ein Geruch nach Sterben in der Luft, fand Romy, das war der Herbst, das nasse, gelbliche Gras, die roten und braunen Blätter, die auf den Boden fielen und dort neben verschimmelten, weichen Äpfeln verrotteten. Sie fühlte sich immer noch leicht berauscht von der Anstrengung, die Luft schien ihr klarer und schneidender als zuvor. Sie beschloss, sie mochte den Herbst, den Nervenkitzel des Verfalls, den er mit sich brachte, mochte den Moment des Übergangs, der im Stillstand des Winters enden würde.

Sie folgten scheinbar ziellos den schmalen Wegen, die die Felder voneinander trennten, hügelauf und hügelab. Bis sich der Feldweg unter ihren Füßen plötzlich aufzulösen schien, er verschwand unter struppigen Getreidehalmen, die der Wind dorthin gesät hatte. Neben Romy und Anja ragte auf beiden Seiten Mais bis über ihre Köpfe in die Höhe. Sie stolperten weiter, um eine Biegung, die sie aus dem Maisfeld hinausführte. Ihr Sichtfeld öffnete sich auf im Wind bewegten Weizen. In der Mitte des Feldes zeichnete sich eine Vogelscheuche gegen den hellgrauen Himmel ab. Es waren nur ein paar Lumpen über einem Holzkreuz.

Die Schäferhündin blieb stehen, ihr Fell sträubte sich, als witterte sie einen Feind, und schließlich fing sie an, die Vogelscheuche anzubellen. Es sah komisch aus, wie die Welpenohren über der verzerrten Schnauze abknickten. Romy drehte sich nach Anja um und lachte. Aber auch Anja stand wie angewurzelt, die Augen auf den flatternden Lumpen.

»Was ist?«, fragte Romy. »Hast du noch nie eine Vogelscheuche gesehen?«

Aber Anja sagte nichts, starrte nur weiter geradeaus. Romy schaute genauer hin, manchmal hängten die Bauern auch tote Vögel zur Abschreckung auf, als ob das etwas nützen würde. Romy wusste, dass Anja keine toten Tiere sehen konnte.

Aber da war nichts. Es war nicht einmal eine besonders unheimliche Vogelscheuche. Sie war kein bisschen kunstvoll, es gab keinen hohläugigen Kürbisschädel, kein Totenkopfgrinsen wie in dem Tim-Burton-Film, den sie zusammen gesehen hatten.

»Nichts!«, sagte Anja schließlich und schüttelte den Kopf, sah aber immer noch verstört aus.

Romy schnaubte ungehalten und machte einen Satz in den Weizen. Sie trampelte sich einen Weg in das Getreide, als sie auf die Vogelscheuche zulief. Dann zerrte sie an dem verfilzten wollenen Etwas, das schwer über dem Holzkreuz hing, bis ein paar Fäden mit einem schabenden Geräusch nachgaben und ihr das, was einmal eine riesige schwarze Strickjacke gewesen war, in die Arme fiel. Romy schlüpfte in die Ärmel, deren Enden auch dann noch fast bis zum Boden reichten, als sie ihre Arme wie Flügel ausbreitete. Sie sah zu Anja hinüber, die immer noch auf dem Weg stand, jetzt aber mit einem kleinen Lächeln in den Mundwinkeln, das ihr Ansporn genug war, die Arme noch höher zu heben und sich im Kreis zu drehen, immer schneller, bis sie über ihre eigenen Füße stolperte und fiel. Sie ließ sich gleich ganz rücklings auf den Boden fallen, lag mit ausgestreckten Armen, den Blick in den blassen Himmel gerichtet, der sich weiter über ihr drehte, obwohl sie jetzt still lag.

Sie hörte, wie Anja auf sie zukam, wie sie die Weizenhalme unter ihren Turnschuhen zerknickte, und gerade, als sie sich in ihr Blickfeld schob, rief über ihnen laut eine Herbstkrähe. Romy wunderte sich über die seltsame Schönheit des rauen Schreis, der den Himmel über ihr zerteilte. Krähengesang, dachte sie. Anja stand jetzt direkt neben ihr, die Arme vor der Brust verschränkt, Romy sah sie von ihrer liegenden Position aus verzerrt wie durch den Boden einer Flasche.

»Sprach der Rabe – nimmermehr!«, deklamierte Anja mit übertriebener Betonung das Gedicht von Edgar Allan Poe, das sie gerade auswendig gelernt hatten.

Romy prustete los und auch Anja stimmte mit ein, und ihr Gelächter hallte unnatürlich laut über die menschenleeren Felder.

*

Romy seufzte, mit einem Mal in ihren gepflegten Sommergarten zurückgeworfen. Anja, dachte sie, vielleicht sollte ich sie doch anrufen. Aber sie blieb sitzen, wo sie war, die Bilder aus ihrer Erinnerung hatten sie noch nicht losgelassen: der Herbst im Feld, im Weinberg. Sie dachte an das seltsam passende Wort, das die Bauern hier für das Einbringen der Ernte verwendeten, »herbsten« nannten sie es.

Romy fand, man konnte das Wort auch übertragen, dann bedeutete es irgendetwas wie: rekapitulieren, seine Schlüsse aus dem Geschehenen ziehen für die Zukunft.

Das, was ich nicht machen will, dachte Romy. Sie wollte sich lieber für alle Zeiten hier verstecken, gar nicht mehr vor die Tür gehen, das Telefon nicht mehr abnehmen und ihren Laptop gar nicht erst hochfahren.

Wahrscheinlich sollte sie wirklich irgendetwas studieren gehen, nach Karlsruhe, Heidelberg oder Timbuktu, oder etwas arbeiten, eine Lehre anfangen, was auch immer. Auch dies waren keine neuen Gedanken, sie hatte sie nur nie zu Ende denken können, so als sei sie noch nicht ganz fertig mit diesem Lebensabschnitt, mit diesem Ende der Kindheit.

Romy zerrte einen Grashalm aus der Erde, einen von den langen, die der Rasenmäher in der Nähe des Gartenzauns nicht erwischt hatte. Sie steckte ihn in den Mund, kaute auf dem süßen Ende herum und ließ ihre Gedanken weiter zurückwandern, stellte sich Szenen aus ihrem Leben vor, als seien sie reine Fiktion, mit einem Anfang und einem Ende, mit klar definierter Handlung und darunterliegender, heimlicher Bedeutung. Das war ihre Möglichkeit zu fliehen, sich zu verlieren. Schau zurück und nicht nach vorn.

*

»Isa hat noch einmal angerufen.« Jan stand gegen den Türrahmen gelehnt, das Festnetztelefon in der Hand.

»Hm.« Marek wandte sich wieder seiner Playstation zu: *GTA*, genau das Richtige, um sich abzulenken.

»Vielleicht solltest du doch mal mit ihr reden ...« Jan machte einen zögerlichen Schritt in Mareks Zimmer. »Ich komme mir langsam echt bescheuert vor, ihr dauernd zu sagen, du bist nicht da. Ich meine, sie ist ja nicht blöd. Und die Geschichte, dass du dein Handy verloren hast, ist auch mehr als fadenscheinig.«

Marek sah kurz auf: »Vielleicht ruf ich später zurück.« Jan seufzte.

»Okay«, sagte er und klang dabei leicht genervt.

Er warf das Telefon neben Marek auf das Sofa und drehte sich zum Gehen um.

Die letzten Tage über, seit dem Streit am See, hatte sich eine unangenehme Spannung zwischen ihnen aufgebaut. Nachdem sie eine finster vor sich hin brütende Isa zu Hause abgesetzt hatten, hatte Jan unvermittelt Marek am Kragen gepackt. Es wirkte ein bisschen unbeholfen, wie Marek trotz aller Überraschung fand, als hätte Jan so etwas noch nie gemacht.

»Hast du etwas mit ihr?« Jan meinte offensichtlich nicht Isa. »Ich bring dich um, wenn ...«

Marek löste vorsichtig Jans Finger von seinem Kragen, einen nach dem anderen. Jans feine Spucke brannte wie Feuer auf seinem Gesicht. Er schüttelte nur seinen Kopf, die Augen weit geöffnet, unfähig, etwas zu sagen, so absurd fand er die Idee. Er merkte erst, dass er immer noch Jans Hände festhielt, als dieser sie ihm mit einem Ruck entzog. Dann wandte Jan sich ab, legte die Stirn an die Scheibe der Beifahrertür und ließ sich die Haare ins Gesicht fallen. Marek zögerte einen Augenblick, dann streckte er zögernd seinen Arm nach Jans Rücken aus.

»Lass mich einfach in Ruhe«, sagte Jan.

Das war alles gewesen. Marek glaubte, er musste die ganze Fahrt über seinen Kopf geschüttelt haben. Es konnte einfach alles nicht wahr sein.

Er hatte gehofft, alles würde irgendwann von selbst wieder seinen normalen Gang gehen, aber Jan hörte nicht auf, sich distanziert zu verhalten, als hätte Marek ihn irgendwie verraten, als könnte er ihm nicht mehr trauen. Das tat Marek unerwartet heftig weh. Den Gedanken an Isa konnte er beiseite schieben, indem er *GTA* spielte, vielleicht einen Joint zwischen den Lippen, indem er ihren Kontakt in seinem Handy und seinem Skype-Account vorübergehend blockierte. Er hatte sich vorgenommen, bald mit ihr zu reden, aber irgendwie fühlte er sich nicht dazu in der Lage, bis mit Jan wieder alles in Ordnung war. An Romy dachte er tatsächlich kaum noch, jetzt, wo er sie nicht mehr fast täglich um sich hatte, konnte er sich gar nicht mehr erklären, warum sie ihn in letzter Zeit so beschäftigt hatte. Jan allerdings lauerte immer in seinem Gehirn, auch wenn der die Tür zu seinem Zimmer geschlossen hielt oder ihre Wohnung verließ, ohne Marek zu sagen, wohin er ging.

So hatte er sich das Zusammenwohnen mit Jan nicht vorgestellt. Nicht, dass er sich überhaupt etwas Konkretes vorgestellt hatte, er hatte nur diffuse Bilder von gemeinsamen Abenden vor dem Fernseher im Kopf gehabt, Partys mit Freunden, Jan auf dem Sofa, über seine Akustikgitarre gebeugt.

Marek zögerte einen Augenblick, wusste nicht, was er sagen sollte, aber er wollte nicht, dass Jan das Zimmer verließ:

»Warte mal ...«

Jan blieb stehen, drehte sich wieder zu ihm um.

»Willst du mitspielen?« Marek hielt ihm das zweite Gamepad entgegen.

Er war plötzlich nervös, als würde Jans Reaktion ihr ganzes weiteres Zusammenwohnen bestimmen. Jan zögerte einen Moment, seine Augenbrauen zogen sich zusammen. Mareks ausgestreckte Hand hing unbeholfen in der Luft, er kam sich auf einmal saumäßig blöd vor. Wahrscheinlich sollten sie sich ordentlich prügeln, dachte er, und danach einen saufen gehen, um gemeinsam alle Frauen der Welt zu verfluchen. Manchmal half es schon, sich ein Klischee vorzustellen. Marek musste jetzt doch lächeln, Jan und er hatten sich immer so weit wie möglich aus Prügeleien herausgehalten.

»Okay!«, sagte Jan endlich, schnappte sich das Gamepad und ließ sich neben Marek auf das Sofa sinken. »Hast du noch Gras da? Meine Schicht war absolut tödlich.«

Marek reichte ihm den Joint, den er gerade gebaut hatte, froh, diesmal nicht allein rauchen zu müssen.

Sie spielten eine Weile schweigend, bis sie zu bekifft dazu waren, ihre Gehirne zu langsam wurden, den buntflimmernden, wechselnden Bildern auf dem Fernseher zu folgen. Schließlich ließ Marek das Gamepad sinken. Er schaltete den Fernseher aus und warf stattdessen die Stereoanlage an, leise, ein Hintergrundgeräusch, das sich wie in leichter Verzögerung durch seine Gehörgänge wand. Marek streckte genüsslich die Beine aus. Er spürte die stille Anwesenheit Jans neben sich, so wie es sein sollte. Er sagte nichts und trotzdem war nichts Unangenehmes zwischen ihnen. Er wollte, dass dies immer so war, dass nicht irgendwelche blöden Mädchen einen Keil zwischen sie beide trieben.

Marek versuchte, Jan unauffällig von der Seite anzusehen, auch wenn sie so nah beieinandersaßen, dass dies kaum möglich war. Er hatte seinen Arm über die Rücklehne des Sofas drapiert, er müsste nur seine Finger ein wenig bewegen, dann könnte er Jans fransiges Nackenhaar berühren.

»Hab ich was im Gesicht?« Jan gähnte, rieb sich die Augen.

Marek brauchte einen Moment, um zu reagieren, er wandte seinen Blick wieder dem jetzt blinden, unbewegten Bildschirm zu. Sein Herz klopfte heftig in seinem Brustkorb und ein kurzer Schauer überlief ihn.

»Weißt du ...«, plötzlich erschien es ihm wesentlich, über den Streit am See zu reden, es war der erste Moment, in dem es ihm passend schien, und er durfte ihn nicht verstreichen lassen »... wegen neulich ...«

Jan setzte sich gerade auf, all die Müdigkeit war plötzlich aus seinem Gesicht verschwunden.

»Was?«, fragte er scharf.

»Na ja. Also«, Marek sprach schnell, um das Peinlichste so bald wie möglich hinter sich zu bringen, »ich will nichts von Romy, wollte nie etwas von Romy und selbst wenn ich wollte, dann würd ich nicht, dann würd ich doch nicht ...«

Marek sprach nicht weiter, blickte jetzt endlich wieder durch seine Haare Jan von der Seite ins Gesicht, nicht sicher, ob er Augenkontakt riskieren sollte. Es war so unangenehm, über diese Dinge zu reden, er kam sich dumm und entblößt vor. Immerhin waren sie keine Mädchen, auch wenn Jan ihn jetzt wahrscheinlich für eins hielt.

Als sich aber ihre Blicke kreuzten, konnte Marek sofort sehen, dass Jan auf positive Weise überrascht war, auch wenn er ganz lässig klang, als er wie beiläufig sagte:

»Okay. Weiß ich doch. Schwamm drüber.«

Denn Marek sah, wie sich eine große Erleichterung auf Jans Gesicht ausbreitete, wie seine Mundwinkel leicht nach oben zuckten.

Er meinte, er könnte Jans unterdrücktes Lächeln und den Blick aus seinen glänzenden großen Augen warm bis in seine Knochen spüren. Das war immer etwas gewesen, das er besonders an Jan mochte, wie sich seine Emotionen ganz unmittelbar in seinem Gesicht abzeichneten, diese Unfähigkeit, sich zu verstellen.

*

Anja saß über ihren Schreibtisch gebeugt und betrachtete ihre von Wachsmalstiften dunkel verfärbten Finger. Es ist lächerlich, sagte sie sich zum wiederholten Mal. Sie versuchte seit Tagen, das Bild einer bestimmten Katze zu malen, einer Katze mit Menschenzähnen. Das Bild wollte aber nicht gelingen, es wurde nie auch nur ansatzweise der braun gefleckten Katze ähnlich, die sie gesehen hatte.

Zuerst hatte sie, wie immer, digital in ihrem Grafikprogramm auf dem PC gearbeitet, hatte mit groben Linien und Hintergrundtexturen begonnen und so lange immer wieder gelöscht, bis sie schließlich den digitalen Stift frustriert auf ihr Grafiktablett geknallt und ihre bröseligen, abgebrochenen alten Wachsmalstifte aus der Schublade gefischt hatte. Die meisten Versuche, die sie endlich aufs Papier gebracht hatte, sahen lächerlich aus: wie die Bilder eines kleinen Mädchens, das sich nicht entscheiden kann, ob es Mensch oder Katze malen soll, oder das einfach den Unterschied noch nicht ganz verstanden hat.

»Gib's auf«, sagte sie laut und schmierte ihre schmutzigen Finger auf dem Bild ab, das ihr gleich ein bisschen besser gefiel, vielleicht sollte sie es einscannen und am Computer weiterbearbeiten. Sie zögerte einen Moment lang, knüllte das Bild schließlich doch zusammen und warf es grob in die Richtung ihres überfüllten Papierkorbs.

Es nützte sowieso nichts, die Katze aufs Papier zu bannen. Vielleicht lag es daran, dass sie kein großes künstlerisches Talent hatte. Immerhin malte sie immer noch mit derselben Sorte weicher Kinderwachsmalstifte wie vor zehn Jahren, die unter ihren Fingern zerflossen, wenn ihre Hände wie heute schwitzten. Dennoch fühlte sie immer wieder den Drang, bestimmte Dinge aufzuzeichnen, es war eine Art Tagebuchersatz. Es ging wohl darum, das fertige Bild in einer Schublade wegschließen zu können, einer Schublade, die inzwischen fast bis zum Rand gefüllt war: Da war eine ganze Flut von Zeichnungen ihrer Hündin, von Eidechsen, Schmetterlingen, aber auch von der Landschaft um ihr Haus. Es gab wenige Abbildungen von Menschen, aber doch Zeichnungen von Mi bei der Arbeit oder von Romy, als sie noch Kinder waren, grob tastende Striche, hinter denen erkennbare Gesichtszüge lauerten, wenn man wusste, wonach man suchen musste.

Ganz unten in der Schublade lagerten besondere Bilder: Auch hier fanden sich Eidechsen, sie warfen lange Schatten wie Baukräne. Eine Katze mit einem Hundekopf war dabei und eine Vogelscheuche, die Kleider trug, in denen ein Mensch gestorben war. Hier ganz unten hin, dachte Anja, würde auch das neue Katzenbild gehören. Es war eine Schublade, die sie wenn möglich nur einmal im Jahr aufmachte. Denn nicht nur Bilder lagen darin, sondern auch ein Stapel ungeöffneter Briefe, über den sie mit niemandem sprach. Sie würde ihn irgendwann ins Feuer werfen, irgendwann, wenn sie über sich selbst hinauswachsen und endlich dazu in der Lage sein würde.

Anja zuckte mit den Schultern, wischte diesen Gedanken zusammen mit dem an die Katze mit einer bewussten Anstrengung weg, auch wenn sie das nagende Gefühl hatte, dass sie noch nicht fertig war mit der Angelegenheit. Ein Hirngespinst, dachte sie.

Sie überlegte sich, ob sie Romy noch einmal anrufen sollte, und wenn es nur war, um ihrer Langeweile ein Ende zu bereiten. Seit fast alle ihrer Tage frei zu ihrer Verfügung standen, fiel es ihr immer schwerer, Dinge zu tun oder nur aus dem Haus zu gehen. Sie hatte in den letzten Tagen mehrmals vergeblich Romys Handy angerufen, schließlich sogar widerstrebend das Festnetz versucht. Romys Mutter hatte geantwortet und behauptet, sie sei nicht da. Anja hatte ihr nicht so recht geglaubt. Sie hatte einen leisen, aber nicht zu überhörenden Triumph in der Stimme von Romys Mutter wahrgenommen. Anja wusste, dass Romys Mutter sie nicht besonders leiden konnte, auch wenn sie sich nicht sicher war, woran es lag. Es war, als gäbe sie ihr die Schuld an irgendetwas.

Sie stellte sich Romy vor, die nicht mit ihr reden wollte. Sah sie vor sich, wie sie das Haus ihrer Eltern nicht verließ, im Garten herumsaß und sich nachts hinter ihrem Tagebuch versteckte. Anja kannte diese Phase schon, in der Romy sich von ihren Freunden abschottete, es war nicht das erste Mal und es würde vorübergehen. Natürlich könnte sie auch einfach bei ihr vorbeigehen, aber das wollte sie nicht. Ich bin schließlich nicht für Romy verantwortlich, dachte sie ein bisschen sauer. Sollte sie doch vor sich hin brüten, während sich Anja hier mit ihren eigenen Hirngespinsten herumplagte.

Anja war manchmal ein bisschen frustriert, dass sie niemandem diese Dinge, die sie sah, erzählen konnte, ohne dass sie für verrückt gehalten wurde. Mi war die einzige Ausnahme, sie nannte Anja sensibel oder empathisch, allerdings immer mit etwas wie Sorge in der Stimme.

»Vergiss das nicht, Anja«, hatte sie einmal gesagt, »Gespensterseher malen leicht den Teufel an die Wand.«

Anja hatte nur gelacht, nicht ganz verstanden, was Mi ihr sagen wollte, sie hatte niemals weder Teufel noch Gespenster gesehen.

Natürlich erzählte sie Romy manchmal, was sie sah, wenn es sich nicht vermeiden ließ, wie vor Kurzem in dem Auwäldchen. Aber sie wusste, dass Romy ihr nicht ganz glaubte, sie sah Romys Blicke: interessiert, aber auch ein bisschen besorgt.

Am schlimmsten war es, wenn sich Romy heimlich umsah, ob irgendwelche Dritte Anjas »Ausfall« mitbekommen hatten. Anja sagte nie etwas, hatte nie etwas gesagt, aber sie gab jetzt vor sich selbst zu, dass sie dieses Verhalten verletzte.

Wenn sie nicht aufpasste, wenn sie nicht bald etwas änderte, könnte sie werden wie ihre Großmutter. Sie schauderte kurz, hatte aber sofort ein schlechtes Gewissen. Mi war der beste Mensch, den sie kannte: freundlich und weise, unkonventionell fantasievoll. Sie wollte nur nicht so einsam werden wie sie, wollte niemals so außerhalb der Gesellschaft anderer Menschen leben müssen, einzig angewiesen auf die Gesellschaft ihrer Enkelin.

Anja seufzte, es war nur gerecht, dass sie immer noch hier bei Mi wohnte. Das hatte nichts mit Mitleid zu tun, auch nicht mit einem schlechten Gewissen. Immerhin hatte Mi sie als kleines Mädchen zu sich genommen, sie waren dazu ersehen, aufeinander angewiesen zu sein. Sie fand diesen Gedanken sogar tröstlich.

Anja lehnte sich in ihrem Stuhl zurück und hörte eine Weile bewusst Cult of Luna zu, die laut aus der alten Stereoanlage, die früher ihren Eltern gehört hatte, tönte. Sie folgte in Gedanken der vielschichtigen Musik, den plötzlichen Lärmausbrüchen, die sich mit ruhigen, melodischen, fast meditativen Passagen abwechselten. Sie fand immer, die Musik entwickelte eine Art Erzählung, ganz unabhängig von den fast unverständlichen Liedtexten, die der Sänger bisweilen ins Mikrofon schrie, sodass sie dem Lärm lediglich eine neue Textur gaben. Man muss nur genau zuhören, dachte sie. Wenn man bewusst der Melodie folgt, ergibt sie eine Geschichte mit verschiedenen Handlungssträngen, die sich treffen und wieder auseinandergehen. Es war so ähnlich wie bei einer beschrifteten Wand, dachte sie, wie bei ihrer Wohnzimmerwand. Sie schrieben Worte darauf, die nebeneinander etwas bedeuteten. Man musste aber nur einen Schritt zurückgehen, vielleicht die Augen leicht zusammenkneifen und die einzelnen Worte und Sätze wurden zu einem auf den ersten Blick unleserlichen Schriftteppich, wie ein

Code, der in seiner Gesamtheit die ganze Wand zu bezeichnen schien.

Anja fühlte sich erschöpft, als hätte sie versucht, eine komplizierte Rechnung im Kopf zu lösen. Sie rieb sich die Augen, bis ihr Blick wieder auf ihre verschmierten Finger fiel. Sie fluchte leise.

*

Marek packte sein Mikrofon ein und verschloss sorgfältig den schwarzen Kasten. Es war eine gute Probe gewesen, nicht eine von denen, in der er Florian und Harry, den mehr am Biertrinken als am Proben orientierten Rest von Maxwell's Demon, ständig daran erinnern musste, dass sie gutes Geld in ihren kleinen Probekeller in der Bruchsaler Innenstadt investierten, um ungestört üben zu können.

Er hatte endlich den Lyrics für ihren neusten Song *Entropy* den letzten Schliff gegeben, manchmal gelang ihm das, was an seinem Schreibtisch unmöglich zu sein schien, ganz einfach und wie von selbst, wenn er ohne weiter nachzudenken einfach in sein Mikrofon sang. Manchmal brauchte er nur Florians und Harrys hintergründigen, geschmeidigen Rhythmus und Jans Melodien zu hören, sich auf sie einlassen und sich ein bisschen zu verlieren, um bessere Lyrics zu schreiben, als er es allein je könnte. Dies waren seltene, fast magische Momente, in denen er triumphierende Blick mit Jan tauschte, der immer zu verstehen schien.

Sein neu gefundener Elan lag auch, wie eine Stimme in seinem Kopf flüsterte, zu einem guten Teil daran, dass er nicht mehr ständig mit Isa telefonieren oder mit Isa streiten oder Isa alles recht machen musste. Auch wenn Jan sich beschwerte, dass er immer der Dumme war, der sie am Telefon abwimmeln musste, und andeutete, dass er Mareks Verhalten nicht gerade edel fand, war es für Marek tatsächlich eine Wohltat, seine »Freiheit« wenigstens für eine Zeit lang wiedergefunden zu haben.

Er konnte sich momentan einfach nicht mit Isa und ihrem Problem auseinandersetzen, denn er wusste tief auf dem Grund seines Gewissens, dass er sich ihr gegenüber unfair verhielt. Es war viel leichter, so zu tun, als ginge sie ihn nichts an. Er sagte sich immer wieder, er habe sich konkret nichts vorzuwerfen. Isa war diejenige gewesen, die vollkommen überreagiert hatte, und zwar schon vor dem Nachmittag am See. Sie war paranoid und hysterisch gewesen. Typisch Mädchen, dachte Marek, ihr seid doch alle gleich. Es war im Moment das Beste, Abstand voneinander zu halten. Er war sich sicher, auch Isa würde das am Ende einsehen. Was ihn selbst anging, hatte die positive Wirkung schon eingesetzt, er fühlte sich so kreativ wie schon lange nicht mehr. Eine Art unruhige Energie trieb ihn an, machte ihn aktiv, bisweilen sogar euphorisch. Auch seine Freundschaft mit Jan war wieder so wie früher, wenn nicht besser. Jetzt, wo alle Missverständnisse aus dem Weg geräumt waren, funktionierten sie wieder als Einheit, waren sie wieder Marek-und-Jan, unzertrennlich.

Nachdem sie alle Instrumente und Kabel in ihre Kisten und Kästen verstaut hatten, Marek war sich bewusst, dass dies der einzige Bereich seines Lebens war, in dem er ordentlich war, konnte der gemütliche Teil des Abends beginnen. Harrys und Flos Freundinnen waren schon bei der Probe dabei gewesen, wie es die Tradition für Bandfreundinnen vorschrieb.

Mit einem Schauder fiel Marek der Abend ein, als Jan tatsächlich Romy hatte überreden können, zur Probe zu kommen. Sie hatte Anja mitgeschleppt und die beiden hatten während der Probe regungslos in ihren Sesseln gesessen. Romy sah immer wieder auf die Uhr und Anja hielt die Augen geschlossen, als würde sie jeden Moment einschlafen. Erst nachdem die Band beschlossen hatte einzupacken, wurden sie munter. Romy ließ sich von Jan, der ihr nie etwas abschlagen konnte, die Gitarre reichen und bekundete, sie würde auf der Stelle eine Heavy-Metal-Band gründen.

»Cool«, sagte Anja, als hätte sie nie eine bessere Idee gehört, und nahm Marek das Mikrofon aus den Händen. Sogar Isa lachte und setzte sich hinter das Schlagzeug. Dann veranstalteten sie einen unglaublichen Lärm, Marek hatte sich gewundert, dass ein Mensch tatsächlich solche Laute ausstoßen konnte, wie Anja sie über das Mikro in den Raum schickte. Sie unterbrachen sich immer wieder, um wilde, mädchenhafte Lachsalven auszustoßen, während Isa ihr langes Haar um ihren Kopf schüttelte. Marek hätte ihnen am liebsten den Strom abgedreht, vor allem als er bemerkte, dass Jan Romy die ganze Zeit ansah, als sei sie das reinste Wunder, selbst dann noch, als sie verkündete: »Wir nennen uns Maxwell's Rotten Corpse!«

Marek schüttelte den Kopf, verscheuchte die Erinnerung und setzte sich zu seinen Freunden. Harry hatte tatsächlich schon wieder eine neue Freundin angeschleppt. Marek machte sich gar nicht mehr die Mühe, all ihre Namen zu behalten. Diesmal handelte es sich um ein leichenblasses Mädchen. Sie hieß irgendwas mit »S« und ging ganz in Schwarz gekleidet. Auch ihr Haar, das in einer scharfen Linie kurz über ihrem Kinn endete, war schwarz gefärbt. Marek fand, sie wirkte ein bisschen einschüchternd und intellektuell, auch wenn er nicht sagen konnte wieso. Vielleicht lag es einfach daran, dass sie eine Brille und kein Make-up trug. Sie mixte gerade Wodka-Redbull für alle.

Jasmin, Flos Freundin seit Kindergartentagen, saß wie meistens bewegungslos in einem der verschlissenen Sessel, rauchte mit einer Hand und drehte sich mit der anderen ihr spülwasserfarbenes Haar auf die Finger. Sie wirkte oft ein bisschen abwesend, aber Marek musste zugeben, sie war eine treue Seele, verpasste kein Konzert und kaum eine Bandprobe. Sie kannte die Songs genauso gut wie die Jungs, kein kleinster Fehler, nicht die geringste Unstimmigkeit entging ihrem geschulten Ohr.

»Nicht schlecht, der neue Song«, sagte sie gerade zu Jan, »geht in Richtung Minus the Bear, bleibt aber eigenständig.«

Jan nickte anerkennend: »Ja, ich hab in letzter Zeit viel *Planet of Ice* gehört.«

»Den Text habe ich nicht verstanden«, meldete sich Harrys Freundin, »der ist von dir, oder?« Sie sah Marek interessiert an.

»Ja«, antwortete er, »Entropie, das bedeutet Chaos.«

Das Mädchen nickte, so als sei jetzt alles klar, und reichte Marek seinen Wodka. Er ließ sich neben Jan auf den Boden sinken, der ein Drittel seines Glases in einem Zug leerte.

»Vorsicht, Mann«, warnte er ihn, »das ist starkes Zeug.«

Jan lachte nur und stieß Marek freundschaftlich mit dem Ellenbogen in die Seite: »Ja, Mama. Es ist heute das erste Mal, dass ich Alkohol trinke.«

Nachdem das allgemeine Gelächter abgeklungen war, wandte sich Harrys neue Freundin, wie hieß sie noch gleich, wieder an Marek:

»Hast du mal was von Camus gelesen?«

»Nee, noch nie gehört, was schreibt der denn so?« Marek fühlte sich sofort eingeschüchtert, versuchte aber, Interesse zu zeigen.

Anscheinend war die Neue tatsächlich intellektuell. Harry, der auf dem Sofa neben ihr Platz genommen hatte, legte ihr besitzergreifend den Arm um die Hüfte und ließ seine Fingerspitzen mit dem Saum ihres T-Shirts spielen, sodass dann und wann ein Streifen blasser Haut sichtbar wurde. Es schien ihr nicht sehr angenehm zu sein, Marek sah, wie sie auf dem Rand des Sofas hin und her rutschte, als wüsste sie, ihrer selbstbewussten Rede zum Trotz, nicht, wie sie sich aus dieser lockeren Umarmung befreien sollte. Marek tat sie unvermittelt ein bisschen leid, sie war ihm gleich ein ganzes Stück sympathischer.

»Das ist total cool«, sagte sie jetzt und holte ein rotes Taschenbuch aus ihrer Armeehandtasche, »das Leben ist absurd, wisst ihr?«

»Als ob das was Neues wäre!« Jan mischte sich gelassen den nächsten Wodka. Harrys Freundin sah einen Moment gekränkt aus, lachte dann aber. Zum Glück steckte sie auch das Buch wieder ein. Wenn Isa jetzt hier wäre, wäre sie wieder eifersüchtig geworden, obwohl er sich gar nichts hatte zuschulden kommen lassen. Irgendwie dachten viele Mädchen, er müsse etwas von Romantik oder Literatur verstehen, nur weil er dann und wann einen Songtext verfasste. Am schlimmsten war es, wenn ihn nach einem Konzert irgendwelche 16-jährigen

Mädchen aus glänzenden, mit Lidschatten verschmierten Augen anhimmelten und ihm erzählten, wie nahe ihnen die Songs gingen und dass sie schon oft fast ganz genau das Gleiche gedacht hatten wie er.

Jan beschwerte sich manchmal halb im Spaß darüber, dass alle immer nur den Sänger einer Band sahen, aber Marek fand diese Aufmerksamkeit oft auch ganz schön anstrengend. Er genoss es, auf der Bühne zu stehen, genoss den Jubel wie jeder andere, war aber doch immer froh gewesen, wenn er seinen weiblichen Fans erklären konnte, er habe eine feste Freundin. Das hielt sie ihm normalerweise vom Leib.

Inzwischen hatten Jasmin und Flo ein leises Gespräch miteinander begonnen. Sie hatten die Köpfe zusammengesteckt und Flo strich sanft durch Jasmins Haar. Marek fragte sich immer, wie die beiden nach über drei Jahren Beziehung noch immer so aneinanderkleben konnten, als seien sie tatsächlich verliebt wie am ersten Tag.

Jan hatte seinerseits angefangen, mit Harrys Freundin über Jack Kerouac zu reden, das schien ein Autor zu sein, auf den sich die beiden einigen konnten. Harry spielte weiterhin gelangweilt an der Hüfte seiner Freundin herum, er rauchte schon den dritten Joint des Abends. Marek beobachtete Jan unauffällig von der Seite. Er war zufrieden, nicht an dem Gespräch teilnehmen zu müssen, sondern nur zuzuhören. Er freute sich darüber, dass Jan so voller Elan sprach, denn immerhin war er, Marek, es gewesen, der ihm *Unterwegs* zum letzten Geburtstag geschenkt hatte.

»Stell dir vor«, sagte Jan gerade, die Stimme voll Ehrfurcht, »du kaufst dir für ein paar Hundert Euro ein altes

Auto und dann fährst du los, einfach so, ohne Ziel, das muss der absolute Wahnsinn sein ...«

»Dann tu's doch einfach«, die Augen des Mädchens funkelten hinter ihren Brillengläsern, »ich bin dabei!«

»Heehee!« Harry schien endlich aus seiner Trance aufgewacht, er schlang seinen Arm jetzt ganz um die Hüfte des Mädchens und zog sie besitzergreifend an sich heran. »Lass die Finger von meiner Freundin.«

»Er hat sie ja gar nicht angefasst«, ließ Marek von sich hören.

»Wenn jemand mit Seda einen Roadtrip macht, dann bin das ja wohl ich!« Harry zog sie noch näher an sich heran und versuchte, sie zu küssen. Sie wandte aber den Kopf ab, sichtlich genervt, und Harrys Zunge fuhr ihr über den Hals. Marek lachte leise, er hatte das Gefühl, Seda war heute zum letzten Mal zu einer Bandprobe gekommen.

»Macht nichts«, sagte Jan und warf Marek einen Arm über die Schulter, »dann fahr ich eben mit Marek, das ist ja sowieso eher was für Männer, oder?«

Marek hörte im Hintergrund verächtliches Schnauben, aber nur ganz entfernt, denn sein Herz hatte plötzlich einen gewaltigen Sprung gemacht und klopfte jetzt so schnell und hart, dass er das Gefühl hatte, sein ganzer Körper würde pulsieren. Jans Arm über seiner Schulter brannte wie Feuer, rotes, helles Feuer, so warm, dass er das Gefühl nie mehr aufgeben wollte. Er ließ sich in diese Empfindung fallen, etwas wie die Vorahnung einer Erkenntnis lauerte in seinem Gehirn, drängte an die Oberfläche.

Dann flog die Tür auf und Isa stürmte in den Proberaum. Alle Köpfe drehten sich erschrocken in ihre Richtung. Typisch, war das Erste, was Marek dachte. Isa brauchte ihren großen Auftritt, mit offenem Haar und wehendem Rock stürmte sie den Proberaum wie ein Racheengel. *Seinen* Proberaum, wie konnte sie es wagen!

»Du«, sie zeigte mit spitzem Zeigefinger auf Marek, der unwillkürlich ein bisschen in sich zusammensank, »sitzt hier rum, als wäre überhaupt nichts passiert!« Sie machte eine Pause, wartete schwer atmend mit verzerrtem Gesicht auf seine Reaktion.

»Isa«, Marek gab sich Mühe, ruhig zu bleiben. Die Situation war ihm unglaublich unangenehm. Isa war schon immer ganz groß darin gewesen, ihm Szenen in der Öffentlichkeit zu machen. Hier im Kreis seiner Freunde aber war es ihm besonders peinlich: »Können wir nicht irgendwo anders reden?«

Isa schien einen Moment nachzudenken. Ihr Gesichtsausdruck glättete sich ein wenig, was Marek als ein gutes Zeichen auffasste. Er stand auf und wollte ihren Arm greifen, um sie nach draußen zu führen. Bei der ersten kleinen Berührung aber zuckte Isa zurück, als hätte er ihr einen elektrischen Schlag versetzt.

»Fass mich bloß nicht an, du Arsch!« Sie spuckte vor Wut und ballte die Hände zu Fäusten, sie sah regelrecht gefährlich aus.

Jan und die anderen hatten sich inzwischen ein wenig zurückgezogen, stumme Zuschauer in einer Reihe gegen die Wand gedrückt. Auch das ärgerte Marek. Sie könnten wenigstens so tun, als hörten sie nicht zu. Stattdessen weideten sie sich an dieser Peinlichkeit.

»Isa«, begann er noch einmal, seine Stimme zitternd vor Nervosität und unterdrücktem Ärger, »lass uns doch rausgehen. Es tut mir ja …«

»Leid?« Isa unterbrach ihn. »Es tut dir leid? Dass ich nicht lache! Dir ist nur peinlich, dass deine trotteligen Kollegen mitkriegen, was für ein elender Feigling du bist! Versteckst dich hier vor mir!«

Sie warf einen verächtlichen Blick auf die Gruppe. Harry und Jan senkten sofort den Blick, Jasmin versteckte sich hinter ihren Haaren und Flo hinter Jasmin. Nur Seda ließ sich nicht einschüchtern. Sie heftete ihren Blick auf Marek und Isa, als wollte sie die Szene bis ins kleinste Detail in sich aufsaugen.

Jan gab sich schließlich einen Ruck und stand auf.

»Kommt schon«, sagte er, »lassen wir die beiden allein.«

Danke, dachte Marek, aber es war schon zu spät. Kaum hatten sich die anderen erhoben, explodierte Isas Wut über ihnen allen.

»Ja, haut nur ab, vor allem du«, sie zeigte auf Jan, »du bist ja nicht besser als Marek. Scheinheilige Feiglinge seid ihr alle zusammen. Kein Wunder, dass Romy kein Kind mit dir will, du bist ja selber noch eins, hast noch nicht fertig-gespielt!«

»Was?!«

»Ja«, Isa zog ihre Worte in die Länge, damit jedes einzel-ne den größtmöglichen Schaden anrichten konnte, »Anja hat sich verplappert. Romy ist schwanger, wahrscheinlich will sie abtreiben. Ist ja auch kein Wunder, wer will schon ein Kind von einem Vollidioten, der mit seinem bescheuer-ten Sandkastenfreund Rockstar spielt.«

Isa richtete ihren Blick wieder auf Marek, ihr Mund war eine dünne Linie, schneidend scharf:

»Aber vielleicht weiß sie auch gar nicht, welcher der bei-den Säuglinge der glückliche Vater ist!« Sie machte eine abrupte Drehung um die eigene Achse und stürmte zur Tür. »Ich bin ja so was von fertig mit euch!«, sagte sie noch erstaunlich emotionslos, bevor sie die Tür hinter sich ins Schloss warf.

Die Stille, die darauf im Raum herrschte, schien greifbar zu sein. Marek wagte einen heimlichen Blick auf die anderen, die ihre Augen starr auf den Boden richteten. Nur Jan sah immer noch auf die geschlossene Tür, durch die Isa verschwunden war. Er hatte die Augen weit geöffnet und Marek hatte das Gefühl, er könne bis in seine Gedanken sehen. Konnte sehen, wie sie arbeiteten, konnte spüren, wie schwer ihm das Atmen fiel.

»Jan«, sagte er leise und Jan drehte sich nach ihm um, langsam, als müsste er sich dazu zwingen.

Diese aufgerissenen, verwundeten Augen waren jetzt auf ihn gerichtet.

»Jan«, begann er aufs Neue, »das hat sie sich nur ausgedacht, das weißt du doch.«

Jan nickte leicht, blinzelte ein paarmal und schüttelte dann den Kopf.

Marek ging auf ihn zu, wollte ihm den Arm um die Schulter legen, nicht sicher, ob er sich trauen würde. Irgendetwas wollte er tun, aber Jan wich vor ihm zurück, als sei er ansteckend, schnappte sich Mareks Autoschlüssel vom Tisch und stürmte aus der Tür.

Marek stand still. Eine Sekunde lang, noch eine, wie ein Uhrzeiger, der hängen bleibt. Dann bewegten sich die anderen.

Marek hörte ein Räuspern hinter sich, ein leises Husten. Plötzlich Sedas Stimme, voll Anerkennung:

»Wow! *Soap opera live!*«

Marek drehte sich nicht um, er rannte los, stolperte die Stufen aus dem Proberaumkeller nach oben, hinein in die warme Nacht und schrie dabei wie ein Vollidiot:

»Jan. Bleib stehen!«

Von Jan keine Spur.

*

Romy saß im Garten ihres Elternhauses und mischte Weizenbier mit Bananensaft, halb-halb. Ihre Eltern waren ausgegangen, ins Theater. Romy hatte sich im Stillen über ihre, wie sie fand, fast rührend hoffnungslosen Versuche amüsiert, sich fein anzuziehen. Ihre Mutter hatte sich einmal im Kreis gedreht und dabei eine Parfümwolke losgetreten, die Romy fast den Atem verschlug. Aber Romy hatte trotzdem gelächelt, auch wenn sie das Kleid ihrer Mutter verschossen und altmodisch fand und der scheußlich orangefarbene Lippenstift eher kränklich als elegant wirkte. Sie hatte sich sogar dazu hinreißen lassen, ihren Vater zu loben, der sich damit rühmte, er passe immer noch in den zehn Jahre alten dunkelblauen Anzug, auch wenn er die Jacke jetzt lieber offen ließ.

Manchmal kam sich Romy so vor, als sei nicht sie in diesem Haus das Kind, als vertauschten sich bisweilen die Rollen. Sie mochte diese Momente, mochte es, dass nicht nur sie es war, die ihren Eltern alles recht machen sollte, sondern dass ihre Eltern auch ihr gefallen wollten.

Sie hatte sich heute dazu gezwungen, Webseiten von deutschen Universitäten zu durchforsten. Sie hatte mit Heidelberg und Karlsruhe angefangen, fand dann aber, die beiden seien viel zu nah an Bruchsal gelegen. Wenn schon weggehen, dann richtig weit, auf jeden Fall über die Bundeslandgrenze hinaus.

Sie hatte zögerlich begonnen, hatte ein Studiengangsprofil nach dem anderen aufgerufen, von Ägyptologie über Komparatistik bis zu Bioinformatik. Sie war keinen Schritt weitergekommen, war jetzt genauso planlos wie vorher, trotzdem fühlte sie sich ein wenig besser als die letzten Tage. Immerhin waren diese nagenden Bauchschmerzen, die sie sonst schon beim Gedanken an ein mögliches Studium oder einen Beruf befallen hatten, ein wenig sanfter geworden. Auch die nörgelnde, immer ein bisschen ironische Stimme ihres Vaters, *Du hast alle Möglichkeiten, Romy,* hatte sich in eine ferne Ecke ihres Gehirns zurückgezogen. Sie konnte dort bleiben, fand sie.

Ob Anja wohl mit ihr in irgendeine andere Stadt ziehen würde? Sie könnten eine WG gründen, so wie Jan und Marek. Sie konnte sich nicht vorstellen, ohne Anja wegzugehen. Aber sie hatte den Verdacht, Anja würde nicht mitkommen. Sie wüsste nicht einmal, wie sie sie fragen sollte. Sie erinnerte sich daran, wie sie einmal, nur um die Idee anklingen zu lassen, gefragt hatte, ob Anja nicht Lust hätte, mit ihr auszuwandern, nach Kanada oder Australien. Sie waren noch in der Schule gewesen, in der zwölften Klasse, und Romy hatte damals schon die Nase voll gehabt von Bruchsal. Sie hatte ihren Vorschlag gar nicht ernst gemeint, wollte sich vielmehr in eine Fantasie fallen lassen, und erwartete, dass Anja mit einstieg, sich mit ihr zusammen Abenteuer ausmalen würde, als seien sie Charaktere einer Geschichte.

Sie saßen wie so oft vor Anjas Haus auf den Treppenstufen, Knöterichblüten in ihren Haaren und die Hündin zu ihren Füßen, so nah beieinander, dass sie sich fast berührten, und dennoch fühlte sich Romy plötzlich meilenweit von Anja entfernt. Denn Anja sah sie nicht einmal an, blickte an ihr vorbei, abweisend, als hätte sie plötzlich ein fremdes Gesicht aufgesetzt. Sie vergrub die Hände im Fell der Hündin, zog sie erstaunlich grob an sich heran, um ihr Gesicht in ihrem Fell zu verstecken.

Bis sie wieder lächeln konnte und aufsah, als sei nichts gewesen. Sie wechselte das Thema mit einer leichten Handbewegung, so als hätte sie Romy gar nicht gehört.

Romy nahm einen großen Schluck aus ihrem Glas. Sie versuchte, den Bananengeschmack in ihrem Mund von dem des Biers zu trennen. Es gelang ihr nicht. Sie hatte schon so viele Bananenweizen in ihrem Leben getrunken, dass Weizenbier für sie auch pur immer eine Spur Bananengeschmack tragen würde. Als sie das durch die angelehnte Gartentür gedämpfte Geräusch der Türklingel hörte, überlegte sie einen Moment, einfach sitzen zu bleiben und es zu ignorieren. Es war schon nach 23 Uhr und deshalb fast sicher für sie. Anja wahrscheinlich. Romy hatte für eine Sekunde lang ein schlechtes Gewissen, weil sie seit Tagen ihre Anrufe und SMS nicht beantwortete. Dann zuckte sie mit den Schultern und erhob sich schwerfällig von ihrem Stuhl. Anja war schon immer die Friedensstifterin zwischen ihnen gewesen, auch wenn es dieses Mal nicht einmal einen richtigen Streit gegeben hatte.

Sie öffnete die Tür, ohne vorher durch den Spion zu blicken, weshalb sie ein bisschen erschrak, als sie Jan auf dem Treppenabsatz stehen sah, seitlich an die Wand gelehnt mit über der Brust gekreuzten Armen. Romy trat unwillkürlich einen kleinen Schritt zurück. Auch Jan zuckte jetzt sichtbar zusammen, hielt sich auf einmal unnatürlich gerade. Romy bemerkte, wie blass er war. Das Licht, das aus dem Flur auf sein Gesicht fiel, ließ die kleinen Schweißperlen auf seiner Stirn aufleuchten und vertiefte seine Augenhöhlen. Er sah krank aus.

Einen Augenblick lang schwiegen sie beide. Ein Nachtfalter hatte sich in der Flurlampe verfangen. Romy lauschte, wie er immer wieder von innen gegen den Lampenschirm prallte, überlaut und hektisch. Dünne Flügel schlugen gegen hartes Glas.

»Deine Eltern sind nicht da, oder?«, fragte Jan statt eines Grußes. Seine Augen suchten einen Moment den freien Parkplatz vor dem Haus.

Romy schüttelte den Kopf, fühlte sich plötzlich unsicher. Sie machte eine unbestimmte Geste, ihr zu folgen, und verschwand wieder in Richtung Garten. Sie spürte, dass Jan ihr dicht auf den Fersen war, auch wenn seine Schritte fast lautlos waren. Sie meinte, Jans Blick in ihrem Nacken zu spüren. Es war ihr unangenehm. Sie dachte daran, dass sie sich seit über einer Woche nicht mehr die Haare gewaschen hatte. Ihre Kopfhaut begann sofort zu jucken und sie stellte sich vor, dass ekelhafte, kleine Tierchen durch ihr verfilztes Haar krochen und dass Jan diese Tierchen sehen konnte.

Dann lachte sie kurz auf. Sie wusste nicht, woher diese plötzliche Unsicherheit vor Jan gekommen war.

»Warum lachst du?« Jan stand plötzlich dicht neben ihr.

»Wegen gar nichts!« Romy strich sich mit einer rabiaten Geste eine Haarsträhne aus dem Gesicht. »Bier?«

Jan zuckte erst mit den Schultern und nickte dann, sein Gesicht blieb aber unbewegt. Romy wusste nicht, was sie davon halten sollte. Jan setzte sich an den Gartentisch und Romy verschwand in die Küche, um ein Pils aus dem Kühlschrank zu holen. Sie stellte es mit einem Knall vor Jan hin, der es in die Hand nahm, ohne zu trinken.

»Ist heute nicht Proberaumabend?«, fragte sie schließlich, nur um etwas zu sagen.

Jan zuckte wieder mit den Schultern, hörte nicht auf, sie anzusehen. Romy verlor langsam die Geduld, gleichzeitig aber spürte sie in Jans Auftreten etwas Ungewöhnliches, eine ungewohnte Härte ihr gegenüber. Es führte dazu, dass sie sich ihm unterlegen fühlte, zum ersten Mal. Sie hasste dieses Gefühl.

»Isa ist heute in die Probe gekommen.« Jan klang fast gleichgültig, aber er ließ Romy immer noch nicht aus den Augen, so als lauerte er auf eine bestimmte Reaktion.

»Ja und?« Romy fühlte sich plötzlich in die Zeit zurückversetzt, als sie beide ein Paar gewesen waren.

Jan hatte jede Woche von Neuem versucht, sie davon zu überzeugen, mit in die Bandprobe zu gehen. Sein Argument war immer gewesen, dass schließlich auch Isa und Jasmin fast all ihre Freitagabende in dem kleinen Probekeller verbrachten. Romy fand immer, es sei schon mehr als genug, dass sie fast jedes ihrer Konzerte besuchte, auch wenn ihr die Lieder der Band ehrlich gesagt langsam auf die Nerven gingen.

»Sie hat mit Marek Schluss gemacht.«

»Ach ja? Wurde auch Zeit.« Romy tat unbeteiligt, war jetzt aber doch neugierig geworden.

»Sie hat gesagt, du bist schwanger!« Jan flüsterte fast und zum ersten Mal sah er ihr nicht direkt in die Augen.

Romy zuckte einen Moment zusammen, dann hatte sie sich wieder im Griff. Sie würde sich auf gar keinen Fall etwas anmerken lassen. Gleichzeitig versprach sie sich, Anja zur Rechenschaft zu ziehen. Nie hätte sie gedacht, dass sie mit Isa, ausgerechnet Isa, über sie reden würde.

»Und darum hat sie mit ihm Schluss gemacht?« Romy tat gelangweilt.

Sie beobachtete, wie sich der Nachbarsdackel durch eine Lücke im Zaun drückte. Romys Vater fütterte ihn regelmäßig vom Tisch.

»Romy, wir …« Jan sah jetzt gequält aus, hatte all seine Überlegenheit verloren.

»Was?!«, Romy hörte, dass ihre Stimme schärfer klang, als sie beabsichtigt hatte.

»Wenn das wahr ist, dann können wir schon irgendwie …« Romy fand Jan fast niedlich, er sah jetzt ganz ernst aus, seine Stimme war fest. Aber seine Augen waren weit aufgerissen: der typische verletzte Jan-Blick, rührend und erbärmlich. Romy hatte wieder die Oberhand.

»Du weißt schon, dass das nicht wahr ist, oder?« Sie sprach wie mit einem kleinen Kind. »Seh ich vielleicht aus, als sei ich schwanger?« Sie hob eine Augenbraue.

»Nein, aber da war doch diese eine Nacht, du weißt schon. Und außerdem hat Isa gesagt …«

»Vielleicht solltest du nicht alles glauben, was Isa sagt.«

»Okay.« Jan versuchte zu lächeln, aber Romy hatte den Eindruck, er glaubte ihr nicht oder war sich zumindest unsicher.

Es machte sie wütend. Sie hasste es, dass sie hier sitzen musste, dass sie dieses Gespräch führen musste. Sie fand es so unnötig. Sie nahm noch einen großen Schluck Bier und streckte die Hand nach dem Nachbarshund aus, der sich inzwischen genähert hatte. Er wedelte freundlich mit dem

Schwanz und ließ sich hinter den Ohren kraulen. Romy wollte Jan loswerden, wusste aber nicht wie. *Vielleicht geht er einfach wieder, wenn ich ihn ignoriere,* dachte sie. Sie merkte, wie sich Wut in ihr aufstaute. *Lass sie nicht an Jan aus,* sagte sie sich. *Das nützt nichts. Es ist hauptsächlich Anjas Schuld. Und Isas. Jan versucht, alles richtig zu machen.* Romy musste fast lächeln. *Jan versuchte, sich erwachsen zu verhalten, viel vernünftiger als sie selbst.*

»Aber wieso sollte sich Isa so etwas ausdenken?« Jan ließ es nicht gut sein.

»Was weiß denn ich?« Die Wut kam durch, langsam, aber sicher. »Weil sie bescheuert ist! Und paranoid!« Romy schrie jetzt fast, der Dackel zuckte unter ihrer Hand weg, sah sie vorwurfsvoll an. »Wusstest du, dass sie auch geglaubt hat, ich hätte Marek verführt oder irgendeinen solchen Schwachsinn?«

»Ja«, sagte Jan nur.

»Oh Mann«, Romy steigerte sich immer hilfloser in diese Blase aus Wut, »und du glaubst das auch, du glaubst jeden Schwachsinn, den man dir erzählt.«

»Okay, ist ja schon gut.« Jan klang erschrocken und entschuldigend, als müsste man Romy jetzt behandeln wie eine Porzellanfigur, als durfte man die »Schwangere« nicht reizen.

Der Hund zog sich langsam zurück. Romy sah ihm nach, hilflos, was sie mit sich selbst und ihrer Wut anfangen sollte. *Halt die Klappe, Jan,* dachte sie. *Sag jetzt nichts mehr.*

»Wenn ich ein Hund wäre …«, murmelte Jan vor sich hin, »… könntest du mich dann vielleicht lieben?«

Und das reichte, das brachte das Fass zum Überlaufen, ließ Romy ihren Kampf mit sich selbst verlieren. Sie stand auf, schnappte sich Jans Flasche und trank die Hälfte des Bieres in einem Zug aus. Dann prostete sie Jan zu:

»Herzlichen Glückwunsch!« Romy merkte, wie sich ihr Gesicht verzog, sie zeigte die Zähne. »Das war gerade das Lächerlichste, Abstoßendste und Erbärmlichste, das jemals jemand zu mir gesagt hat!«

Romy spürte den Drang, Jan direkt ins Gesicht zu schlagen, aber sie wusste, Worte trafen jetzt härter als jeder Faustschlag.

»Was hast du denn gedacht? Hast dir gedacht, wenn wir ein Kind hätten, dann könntest du mich festnageln, was? Als ob!«

»Nein! Das hab ich gar nicht ...« Jan verkroch sich in die Defensive, wie er es immer tat.

»Hast du wohl, du kleiner Spießer! Aber eins sag ich dir«, Romy spürte eine Welle Adrenalin durch ihren Körper fluten. Sie genoss den Rausch ihrer Wut, während sie zum K.-o.-Schlag ausholte: »Bevor ich mit dir glückliche Familie spiele, würde ich lieber abtreiben. Und zwar zehn Mal, wenn nötig.«

Romy lachte laut heraus, unkontrolliert. Es war ein hässliches Lachen, so gehässig, dass sie sich über sich selbst erschrak. Jan war aufgesprungen, Romy sah seinen Stuhl wie in Zeitlupe zu Boden fallen. Er drängte sich an ihr vorbei, stolperte über das Stuhlbein und stieß sie im Fall mit dem Ellenbogen in die Magengrube, bevor er sich wieder fing. Er lief davon, ohne sich noch einmal umzudrehen. Romy knickte ein, schnappte nach Luft, etwas rasselte in ihrer Lunge. Sie stützte sich mit den Händen am Boden ab.

Scheiße, dachte sie, alles kaputt, immer mache ich alles kaputt. Sie drückte die Augen so fest zusammen, wie sie konnte. Aber es half nichts. Sie sah immer noch Jans Gesicht vor sich, in dem Moment, als er aufgesprungen war. Da war kein Hass gewesen, nur Unglaube. Enttäuschung vielleicht und auf jeden Fall Schmerz.

Romy rollte sich auf dem Boden zusammen, sie hielt ihre Augen immer noch fest geschlossen. Scheiße, dachte sie noch einmal.

*

Marek saß im Dunkeln in seinem Zimmer. Er hatte sich nicht ins Bett gelegt, weil er jetzt sowieso nicht schlafen könnte. Seine Zimmertür stand offen. Er lauschte auf jedes Geräusch in der Stille, während er einen Joint nach dem anderen rauchte. Er wartete auf das Kratzen eines Schlüssels im Türschloss. Unzählige Male war er schon aufgeschreckt, bei jedem kleinsten Laut hatte er Jan erwartet. Er fragte sich, wie er sonst ruhig schlafen konnte, bei dem ganzen Lärm, der nachts in ihrer Wohnung herrschte: Der Wasserhahn in der Küche tropfte, ein Kugelschreiber war vom Tisch gefallen. Irgendetwas raschelte auf beunruhigende Weise im Badezimmer und in der Wohnung über ihnen schien jemand Möbel zu verrücken.

Marek saß bewegungslos, seine Nerven waren angespannt. Doch unter dieser Nervosität kitzelte ihn eine Art Euphorie, die er nicht so recht mit seiner Besorgnis um Jan vereinbaren konnte. Es schien ihm, als ob sich irgendetwas für ihn entscheiden würde, sobald Jan die Wohnung betrat, ohne dass er genau definieren konnte oder wollte, was es war. Er fühlte sich immer wieder zurückgeworfen in diesen kurzen Moment, bevor Isa in den Proberaum gestürmt war und alles kaputt gemacht hatte. Als er seinen Arm um Jan gelegt hatte und plötzlich diese alles verschlingende Wärme von ihm Besitz ergriffen hatte. Es war nur der Bruchteil einer Sekunde gewesen, doch diese Wärme war bei ihm geblieben, sie durchflutete ihn immer noch in kurzen, wiederkehrenden Wellen. Der Augenblick hatte sich in ihm festgebrannt.

Marek wurde schwindelig, ihm wurde schlecht. Er würgte kurz und hustete sich den Marihuanarauch aus seiner Lunge. Der Rausch, der ihn bis eben weich umspielt und angenehm gekitzelt hatte, packte ihn jetzt mit Gewalt, drehte ihm den Magen um und drückte ihm die Luft ab. Er schien in einen bösen Horrortrip umzuschlagen. Was tu ich nur, was denke ich hier? Marek hielt sich an der Lehne seines Sofas fest. Wasser, dachte er, und wollte aufstehen. In diesem Moment hörte er, wie sich der Schlüssel im Türschloss drehte.

Jan schaltete das Flurlicht ein, ein schmaler Streifen gelblichen Lichts fiel durch Mareks einen Spaltbreit geöffnete Zimmertür. Marek blinzelte durch kalte Rauchschwaden. Einen Moment lang sah es so aus, als ob Jan wortlos in sein Zimmer verschwinden würde. Marek war fast erleichtert. Eine Lähmung hatte ihn befallen, er konnte kaum seine Gliedmaßen spüren und all seine Entscheidungskraft schien aufgebraucht. Am liebsten würde er sich ins Bett fallen lassen und an gar nichts mehr denken müssen. Er würde sich auf die Wellen des Marihuanarauschs konzentrieren, jede einzelne ausreiten, damit sie nicht über ihm zusammenschlug.

Doch dann zeichnete sich Jans vom Flurlicht scharf gezeichneter Umriss in der Tür ab. Er stand einen Moment reglos, zögerlich, als versuchte er, sich im Dunkel des Zimmers zu orientieren. Er hob langsam die Hand und klopfte leise an die offene Tür.

»Bist du wach?«, flüsterte er.

Marek nickte und erinnerte sich dann daran, dass Jan ihn nicht sehen konnte. Er räusperte sich:

»Komm rein.«

Jan stolperte durch das dunkle Zimmer. Marek beobachtete ihn. Seine Augen hatten sich längst an die Dunkelheit gewöhnt. Er konnte Jan genau erkennen, während dieser sich blind vorantastete. Er dachte daran, die Stehlampe neben dem Sofa einzuschalten, ließ es aber bleiben. Er fühlte sich sicherer im Dunkeln. Jan setzte sich neben ihn, ließ den Kopf hängen, die Haare über den Augen, als wollte er jeden Blickkontakt vermeiden. Marek seinerseits starrte Jan an, ohne es zu wollen oder aufhören zu können. Er hob schon die Hand, um Jan die Haare aus der Stirn zu streichen, erinnerte sich dann aber, dass dies im Moment nicht angebracht war. Im Moment? Er merkte, wie langsam seine Gedanken krochen, so als ob sie gegen eine Strömung ankämpfen müssten. Gleichzeitig wurde der Wunsch in ihm stärker, Jan irgendwie anzufassen und ihm oder sich selbst zu sagen: Alles wird gut ...

»Was?« Jan zuckte zusammen.

Marek hatte den letzten Teil seiner Gedanken laut ausgesprochen, ohne es zu merken. Er wiederholte:

»Alles wieder gut ...«

Er lachte leise, dann lauter, verschluckte sich und hustete wieder. Jan sprang auf und schaltete die Stehlampe ein. Marek kniff die Augen zusammen. Sein Husten klang langsam aus. Das Atmen fiel ihm immer noch schwer, als fände der

132

Sauerstoff nicht den richtigen Weg in seine missbrauchte Lunge.

Plötzlich fühlte Marek Jans Hand auf seiner Schulter. Er zuckte zusammen, versuchte, sich zurückzuziehen, also könnte er in der Couch verschwinden. Aber die Hand blieb dort, schwer und beruhigend. Jan konnte ja nicht wissen, dass diese Geste Panik in Marek auslöste. Als könnte Jan in ihn hineinsehen oder als würde sich Marek plötzlich irgendwie verraten, indem er eine riesige Erektion kriegen oder etwas ähnlich Absurdes passieren würde.

»Hey!« Jan legte seine andere Hand unter Mareks Kinn, hob seinen Kopf. »Geht's dir gut? Bist du high oder was?«

Marek öffnete mühsam die Augen und blinzelte Jans besorgtem Gesicht entgegen. Der kniete vor ihm auf dem Boden. Sein schwarzes T-Shirt war zerknittert und feucht, als sei er durch den Regen gelaufen. Das Elektrolicht ließ die mageren Arme knochenweiß leuchten und machte das Geflecht aus bläulichen Adern unter Jans Haut sichtbar. Marek roch feuchte Baumwolle, verschwitztes Haar und irgendetwas, das ihm gleichzeitig süß und abgründig schien, als hätte Marek gar keine andere Wahl, als zu fallen.

Nah, dachte er, du bist mir zu nah. Aber auch nicht nah genug.

»Mann, du bestehst ja nur aus Pupillen. Wie viel hast du denn geraucht?« Jan ließ Mareks Kinn los. Die Hand auf seiner Schulter blieb aber liegen, als hätte er sie vergessen. Marek zuckte hilflos mit den Achseln:

»Schon okay«, nuschelte er.

Jan hockte immer noch direkt vor ihm. Marek sah jetzt, wie angespannt er war. Er kaute auf seinen Lippen herum, wie er es immer tat, wenn er nervös war. Die Stirn war in Falten gelegt. Marek wollte diese Linien glätten, über die blasse Haut streichen, wollte die rissigen, ausgetrockneten Lippen mit seinen Fingern nachzeichnen. Am liebsten hätte er angefangen zu heulen.

»Ich war bei Romy.«

»Ach ja?« Marek dachte, es war immer noch besser zu klingen, als hätte ihm jemand sein Hirn amputiert, als dass er jetzt etwas Falsches sagte. Es ging um Jan, nicht um ihn, auch wenn er sich im Moment nicht sicher war, wie er die Trennlinie ziehen sollte.

»Scheint so, als ob Isa gelogen hat ...«

Marek merkte, wie schwer es Jan fiel zu sprechen, dass er bestimmte Worte vermied, als enthielten sie ein böses Omen.

Marek nickte, erleichtert, ohne zu wissen wieso.

»... aber ich bin mir nicht sicher. Ich hab einfach keine Ahnung.«

Marek nickte noch immer, hatte nie damit aufgehört. Es fiel ihm schwer, zuzuhören. Er hörte die Worte, aber sie schienen nervös um seinen Kopf herumzuschwirren, als müsste er sie einfangen wie Fliegen, um zu verstehen.

Eine Frage hatte sich in seinem Kopf eingenistet:

»Bist du mir böse?« Marek hielt die Luft an, es schien, als hinge sein Leben von Jans Antwort ab.

Jan öffnete leicht den Mund, hob eine Augenbraue, als verstünde er nicht:

»Nein, nein. Du hast doch gar nichts gemacht.«

Marek brauchte eine Sekunde, um zu reagieren. Er verfolgte jede kleinste Veränderung in Jans Gesichtsausdruck, ohne dass er sie deuten konnte. Ganz so, als sähe er Jan heute zum ersten Mal.

»Sicher nicht?« Marek hörte, wie flehend seine Stimme klang, er war aber viel zu high, um sich darum zu kümmern. »Mensch, du bist doch der Einzige, auf den ich mich noch verlassen kann!« Ein Lächeln hatte sich in Jans Mundwinkel geschlichen.

Romy gehört die gefurchte Stirn, dachte Marek, Jans Lachen gehört mir. Die Welt schien sich für einen Augenblick langsamer zu drehen. Marek hatte sich in dieses schiefe, kleine Lächeln verloren, es war, als sähe er es durch ein Vergrößerungsglas. Alles darum herum verschwamm, flackerte blass an den Rändern seiner Wahrnehmung. Jan sagte irgendetwas, was er nicht verstand. Dann beugte sich Marek vorsichtig nach vorn und presste seine Lippen auf Jans Mund. Es war ein trockener Kuss, rissige Lippen gegeneinandergepresst. Etwas stimmte nicht, Marek wusste plötzlich nicht weiter, als hätte er vergessen, wie man küsst.

Dann zuckte Jan zurück, als hätte Marek ihm einen Schlag versetzt. Er sprang auf, schaffte sich Abstand und rieb sich mit dem Handrücken über den Mund.

»Scheiße«, Marek flüsterte. Er wollte das Licht ausschalten, die Zeit zurückdrehen, ohnmächtig werden, in einen Abgrund stürzen. Alles, was ihn sofort und am besten für immer aus diesem Augenblick forttragen würde. Stattdessen saß er da, unfähig, sich zu bewegen oder etwas zu sagen. Er konnte Jan nicht mehr ins Gesicht sehen, starrte stattdessen auf den Boden, auf Jans Schuhe, die ewig gleichen Converse mit den aufgemalten violetten Sternen.

Er konnte Jan atmen hören, es schien, als wartete er auf etwas, eine Erklärung: die Auflösung eines Rätsels oder die Pointe eines Witzes. Marek wusste, dass es an ihm war, etwas zu sagen, er konnte aber nicht. Konnte nur starren und sich wegwünschen. Auf den Mars, dachte er plötzlich und fing an zu lachen, obwohl es nicht witzig war. Er hatte keine Wahl, er lachte, wie er vorhin gehustet hatte: Es tat weh, aber er konnte nicht damit aufhören.

»Machst du dich über mich lustig?« Jan klang ungläubig. Marek sah endlich auf. Er schüttelte wie wild den Kopf, lachte immer noch.

»Seid ihr denn jetzt alle verrückt geworden?« Marek hörte die Mischung aus Wut und Verzweiflung in Jans Stimme. »Sogar du! Was sollte das? Was hab ich euch denn getan?« Jan stampfte heftig mit dem Fuß auf.

Marek meinte, kurz etwas feucht in Jans Augen glitzern zu sehen, bevor er sich hektisch mit dem nackten Arm über das Gesicht fuhr, als sei er wütend auf sich selbst.

»Nein, warte. So ist das nicht ...«, Marek sprach leise, viel zu zögerlich, er merkte es selbst.

»Ich hab sie geschlagen, Mann! So hart, dass sie hingefallen ist«, Jans Stimme überschlug sich, »und du glaubst, das ist lustig!« Er drehte sich um, stieß gegen den Fernseher. Ein loser Berg DVDs fiel zu Boden. Jan holte aus und verteilte sie mit einem gezielten Tritt über das ganze Zimmer. Dann drehte er Marek den Rücken zu und wollte das Zimmer verlassen.

Marek merkte kaum, dass er aufsprang. Es schien ihm, als bewegte er sich in Überlichtgeschwindigkeit. Er wollte Jan aufhalten, ihn festhalten, bis er sich wieder beruhigt hatte. Als er seinen Arm nach ihm ausstreckte, stießen ihre Handgelenke, Knochen an Knochen, gegeneinander. Jan riss sich los, sprang zurück und warf die Tür hinter sich ins Schloss.

Marek stand mit hängenden Armen, starrte auf die über den Teppich verteilten DVDs. Einige Hüllen hatten sich geöffnet wie Muscheln, zerbrochene, silberne Scheiben lagen durcheinander auf dem Boden.

Dann hörte er, wie vor dem Haus ein Auto ansprang und anfuhr. Mein Auto, dachte er.

Wetter-
wechsel

omy blinzelte in die Mittags-
sonne, um das Gesicht ihrer Mutter nicht sehen zu müssen. Sie riss die Augen auf, so weit sie konnte, bis sie nur
noch weiße Flächen vor sich sah. Weiße, öde Flächen, die
nichts bedeuteten.

Als sie aufgewacht war, hatte ihre Mutter auf ihrer Bett-
kante gesessen.

»Hab ich irgendwas verbrochen?«, fragte Romy und
setzte sich langsam auf.

Ihre Mutter schüttelte den Kopf, sie sah traurig aus und
ein bisschen ängstlich. Dann fing sie an, Lügengeschichten
zu erzählen. So haarsträubende Lügen waren es, haarsträu-
bend und himmelschreiend und abscheulich, dass Romy

irgendwann einfach aufstand, nur in ihrem riesigen Metallica-T-Shirt, das sie zum Schlafen trug, die Treppe herunterstolperte und sich schließlich irgendwie im Garten wiederfand, wo sie jetzt stand und in die Sonne starrte. Sie blinzelte nicht, meinte, die Sonnenstrahlen giftig auf ihrer Netzhaut zu spüren.

Sie wusste, ihre Mutter war ihr gefolgt, war dicht hinter ihr. Warum ging sie nicht weg, warum konnte die Sonne sie nicht verschlucken? Romy fühlte ihre Anwesenheit, ohne sie zu sehen, die Besorgnis, die sie ausstrahlte, als wollte sie Romy damit einhüllen. Sie sprach jetzt wieder. Romy versuchte, ihre Stimme auszublenden, hätte sich am liebsten die Ohren zugehalten, um in weißem Rauschen zu versinken. Sie stand aber still, mit nutzlos hängenden Armen, und hörte immer die gleichen Worte: *Unfall, Jan, Auto.* Und: *Sofort tot.*

»Jan hat gar kein Auto«, hörte sich Romy plötzlich sagen. Sie drehte sich nach ihrer Mutter um, sah sie durch die farbigen Punkte, die die Sonne auf ihrer Netzhaut hinterlassen hatte. Sie fühlte sich, als hätte sie einen Weg gefunden, ihrer Mutter die Unmöglichkeit des Vorgangs logisch zu beweisen. Sie lächelte sogar kurz, so erleichtert fühlte sie sich. Sie wiederholte:

»Jan hat kein Auto.«

»Es war das Auto von Mareks Mutter.« Ihre Mutter zuckte hilflos mit den Schultern. »Sie war es, die mich heute Morgen angerufen hat.«

Romy erinnerte sich an den rosafarbenen Fiat Panda, der am Vorabend vor ihrem Haus gestanden hatte. Es musste passiert sein, nachdem Jan sie gestern verlassen hatte. Romy wurde es kalt, sie merkte, wie sie anfing zu zittern, wie ihre

Augenlider flatterten, ohne dass sie es kontrollieren konnte. Ihre Mutter war plötzlich ganz nah vor ihr. Ihr besorgtes Muttergesicht war von Tränen überlaufen, sie sammelten sich in den Falten um ihren Mund. Romy fühlte sich plötzlich abgestoßen. Als ihre Mutter ihre Arme ausstreckte, wich sie zurück.

Raus hier, dachte sie. Irgendwohin, nur raus. Sie setzte sich mechanisch in Bewegung, lief wie mit Scheuklappen. In mein Zimmer, dachte sie. Eine Hose. Und Schuhe. Den Autoschlüssel.

Der letzte Gedanke drehte ihr fast den Magen um, aber sie hielt nicht an. Ihre Mutter versuchte nicht, sie aufzuhalten. Romy hörte noch ihr leises: Es *tut mir so leid, Romy!*, als sie im Haus verschwand.

*

»Du bist schuld!« Romy stand in Anjas Zimmer. Sie blickte auf Anja herab, die im Bett saß, so als sei gar nichts passiert: »Du bist schuld daran, dass ich schuld bin! Wegen eines blöden Missverständnisses.«

Anja schälte sich aus ihren Decken heraus, kletterte umständlich aus ihrem Bett. Romy konnte Mi, die sie hereingelassen hatte, in der Küche rumoren hören. Es war ihr egal. Sie wusste nicht genau, warum sie hierhergekommen war, nicht einmal, warum sie Anja jetzt beschuldigte. Sie hatte ihr diese unmögliche Nachricht erzählt, die sie immer noch nicht glauben konnte. So als hätte sie gedacht, Anja könnte sie beruhigen, ihr bestätigen, dass alles ein Irrtum war. Als sie aber ihren Bericht beendete, fing sie plötzlich an zu schreien und konnte nicht mehr damit aufhören.

»Warum hast du Isa erzählt, ich sei schwanger? Das war doch gar nicht wahr!«

»Das war keine Absicht«, flüsterte Anja.

Sie stand jetzt vor Romy, hielt aber einen Sicherheitsabstand. Ihre Arme waren vor ihrer Brust verschränkt und sie hielt sich seltsam zusammengesunken, so als sei ihr kalt.

»Und später dachte ich, es sei egal, weil es ja sowieso nicht gestimmt hat. Ich kann das alles nicht glauben.« Anja sah Romy an, als würde sie eine Antwort erwarten.

Als keine Antwort kam, fuhr sie fort, ihre Stimme heiser und kaum zu hören:

»Es tut mir ja leid.«

Romy machte einen Schritt vorwärts und packte Anjas Schultern. Anja veränderte ihre Position nicht, sie zitterte leicht, wich aber nicht zurück.

Mir tut es mehr leid, dachte Romy. Sag irgendwas, irgendetwas Besseres!

Aber Anja sah sie nur an, aus ihren dunklen Augen, fast ruhig, als wollte sie sagen: Schlag mich, wenn du es musst.

Warum, zum Teufel, wehrt sie sich nicht, dachte Romy. Diese Akzeptanz, diese Selbstgerechtigkeit, machten sie nur umso rasender. Sie verstärkte ihren Griff um Anjas knochige Schultern, krallte ihre Fingernägel in die dünne Schicht aus Fleisch. Sie wollte ihr Blut sehen, wollte spüren, dass sie echt war, nicht nur ein Geist, dass sie ihr physische Schmerzen zufügen konnte.

Anja sagte noch immer nichts, sie hielt die Augen weit aufgerissen, genau wie Romy das vorher getan hatte. Ihr helles Haar leuchtete wie ein Gespinst aus Staub im dem bleichen Licht, das durch die schmutzige Fensterscheibe fiel. Langsam öffnete sie den Mund, ein ersticktes Röcheln kam daraus hervor. Ihre Hände kamen langsam nach oben, legten sich weich um Romys Handgelenke. Romy packte noch fester zu und schleuderte Anja mit aller Gewalt gegen die Wand hinter ihr. Die Bücher, die bis fast zur Decke dagegen aufgestapelt waren, flatterten zu Boden, fielen auf Anja herab, die endlich zum Schutz ihre Arme über den Kopf hob, während sie hart auf die Knie fiel.

Romy stürmte nach draußen, an Mi vorbei, die sie erschrocken anschaute, während sie in Anjas Zimmer verschwand.

Sie setzte sich ins Auto, fuhr an und schaltete die Scheibenwischer ein, denn es hatte angefangen zu regnen. Es musste ein wahrer Orkan sein, denn auch auf der höchsten Stufe schafften sie es nicht, ihr die Sicht freizumachen. Sie fuhr langsamer, hielt schließlich an. Durch die Wasserschlieren hindurch sah sie hellblauen Himmel. Die Scheibenwischer kratzten trocken über die staubverkrustete Windschutzscheibe.

Romy fasste sich ins Gesicht, wischte sich über die Augen. Sie weinte.

*

Langsam ließ Anja ihren Blick über die Mühlenstraße schweifen. Sie blieb bei der Kurve hängen, die Jan zum Verhängnis geworden war. Sie erinnerte sich daran, wie oft Romys Eltern sie vor dieser Straße gewarnt hatten. Sie hatte zugehört, ohne zu verstehen, sie war ja ihr Leben lang Beifahrerin gewesen.

Marek stand neben ihr, ohne sie anzusehen. Sie waren beide mit dem Fahrrad hierhergefahren, Marek von Bruchsal her und Anja von Helmsheim aus über die Felder. Sie schwitzte immer noch von der Anstrengung, doch unter der klebrigen Feuchtigkeit fror sie. Sie wollte nicht hier sein, aber Marek hatte sie gebeten, ihn zu begleiten, ohne erklären zu können warum.

»Ich muss den Unfallort sehen«, hatte er durch das Telefon gesagt und so gequält geklungen, dass Anja ihm die Bitte nicht abschlagen konnte.

Sie standen am Straßenrand, mussten immer wieder einen Schritt zurück ins hohe Gras treten, wenn Autos vorbeifuhren. Anja dachte, es sei nicht richtig, dass die Straße schon wieder befahren wurde, sie sollte verlassen sein und stumm wie ein Mahnmal.

Die Reste des rosafarbenen Autos waren schon abgeschleppt worden, aber die Spuren des Unfalls waren noch deutlich zu sehen: das unverständliche Muster schwarzer Bremsspuren auf dem Asphalt, vereinzelte Glassplitter, das niedergedrückte Gras am Straßenrand und die Verletzungen des Baumstammes, der das Auto schließlich zerstört hatte. Selbst aus der Entfernung konnte Anja die rosa Farbe sehen, die sich in den aufgesplitterten Stamm gefressen hatte.

Anja traute sich nicht, Marek ins Gesicht zu sehen. Sie beobachtete seine rechte Hand, die sich abwechselnd öffnete und wieder fest zur Faust ballte. Auch Marek sah an ihr vorbei, genau wie sie zuvor heftete er den Blick an den Baumstamm, als suchte er dort etwas. Anja zögerte einen Moment, doch als sich Mareks Hand das nächste Mal entspannte, legte sie ihre eigene hinein. Marek umklammerte sie, als sei er dankbar für die Geste. Anja musste selbst fester zudrücken, damit er ihr nicht wehtat. Sie hatte plötzlich den Eindruck, als würde es dunkler um sie herum, so als ob ein Gewitter aufzog. Aber der Himmel war fast wolkenlos.

Dann merkte Anja, dass es nicht Dunkelheit war, die über sie gekommen war, sondern dass die Landschaft an Farbe verloren hatte. Das Blau des Himmels war blass und stumpf, die Bäume und Büsche am Straßenrand waren grau wie der Asphalt. Nur die rosa Farbe leuchtete unnatürlich grell auf der geöffneten Haut des Baumes. Der Baum wird heilen, dachte sie, und ließ Mareks Hand abrupt los.

Die Farben kehrten zurück, füllten langsam die Flächen vor Anjas Augen wieder aus. Marek begann schließlich zu sprechen. Er sprach ruhig, klang sachlich. Nur weil Anja ihn seit Jahren kannte, merkte sie, dass seine Stimme höher war als sonst, als ständen seine Stimmbänder unter ungewöhnlicher Spannung:

»Von dem Auto ist nicht viel übrig. Die Fahrerkabine ist vollkommen zerstört. Meine Mutter hat es gesehen, sie sagt, der Fiat Panda als Modell sollte verboten werden. Der Unfall ist circa um 1.30 Uhr geschehen. Kurz nachdem Jan unsere Wohnung verlassen hat ...« Marek hielt einen Moment ein. Seine Hand ballte sich wieder zur Faust, so fest, dass die Fingerknöchel weiß hervortraten.

»Jan war bei euch zu Hause? Ich dachte, er war bei Romy.« Anja sah Marek endlich in die Augen, der aber sofort den Blick senkte. Er versteckte das Gesicht zwischen seinen Armen und schüttelte langsam den Kopf, atmete dabei hörbar ein und aus.

146

»Danach ist er nach Hause gekommen. Und ich ...«, er schwieg einen Moment, sprach dann zögerlich weiter, als hätte er Angst vor seinen eigenen Worten, »... du weiß ja nicht ... Ich hab alles kaputt gemacht. Alles.«

Anja verstand nicht, wartete auf mehr, sie wusste aber, sie durfte jetzt nicht nachfragen. Heute nicht und vielleicht noch lange Zeit nicht. Sie überlegte, ob sie wieder Mareks Hand nehmen sollte, auch wenn sie Angst hatte, aber er hielt sie jetzt unter seinen verschränkten Armen, als sei ihm kalt. Anja fiel auf, dass Marek viel zu warm angezogen war. Er trug lange Hosen und ein langärmliges Shirt, das er sich über die Finger zog. Er sprach weiter, in der gleichen unnatürlich hohen Tonlage wie zuvor:

»Um 4.46 Uhr hat ein vorbeifahrendes Auto den Unfall gemeldet. Drei Stunden später, man weiß nicht, wie viele Autos an ihm vorbeigefahren sind, ohne überhaupt etwas zu merken. Der Arzt hat festgestellt, dass Jan sofort tot war. 4.46 Uhr, ich hab mir die Zahl gemerkt, so als sei sie wichtig, als ob jetzt noch irgendetwas wichtig wäre.«

Marek kniete auf dem Asphalt, verbarg wieder sein Gesicht in den Händen. Anja ging neben ihm in die Hocke, legte ihren Arm um seine Schultern und versuchte, ihn zur Seite zu ziehen, weg von der Straße. Marek wehrte sich dagegen, schüttelte den Kopf.

»Die Autos«, flüsterte Anja, und genau in diesem Augenblick raste ein silberner Sportwagen dicht an ihnen vorbei. Der Fahrtwind fuhr durch ihre Haare und das erschrockene Hupen des Fahrers schien Marek wachzurütteln. Er stand auf und setzte sich in Bewegung, steuerte auf die Unfallstelle zu.

Anja folgte ihm, hielt ein bisschen Abstand. Etwas in ihr sträubte sich dagegen, näher an den Ort heranzugehen. Sie fixierte ihren Blick auf Mareks Rücken, folgte dem Ablauf seiner Bewegungen. Sie fühlte sich alarmiert, als dürfte sie keine kleinste Veränderung in Mareks Verhalten, seiner Stimme oder seinen Bewegungen verpassen, weil sonst etwas Schlimmes passieren würde. Es war, als müsste sie durch vier Augen gleichzeitig sehen, um die richtige Sehschärfe zu erhalten.

Marek blieb schließlich stehen, wieder mitten auf der Straße, Anja beeilte sich, zu ihm aufzuschließen. Sie wollte ihn am Arm packen, wieder von der Fahrbahn herunterziehen, aber Marek hob seine Hand, um sie abzuwehren. Das Sonnenlicht fiel durch seine gespreizten Finger, als sei er ein Zauberer. Anja blieb stehen, sah sich nervös um. Sie standen in einer Kurve, waren unsichtbar für heranfahrende Autos. Marek schien ganz in sich versunken, er betrachtete die schwarzen Gummireste, die die Reifen des Pandas auf dem Asphalt hinterlassen hatten.

»Die Polizei sagt, Jan hätte versucht, irgendetwas auszuweichen, einem Gegenstand oder einem Reh vielleicht«, er sah sich suchend um, als gehörte er selbst zur Spurensicherung, »er war ja auch betrunken. Ich habe den Wodka mit zur Probe gebracht.«

Anja verstand nicht, woher Mareks Obsession mit dem Unfallhergang kam. Sie selbst wollte gar nicht genau wissen, wie es passiert war. Sie wollte die Augen schließen, hätte den Baumstamm mit den rosa Lackspuren am liebsten nie gesehen. Dass Jan *tot* war, konnte sie immer noch nicht glauben. Sie hatte das Wort an diesem Vormittag so oft gedacht, bis sie nicht mehr wusste, was es bedeutete.

Am Anfang sah sie es vor sich, malte es schließlich an ihre Wohnzimmerwand, irgendwo, wo Platz war, klein und schwarz: zwei Kreuze mit einem Kreis dazwischen, fast wie ein Gräberfeld. Aber irgendwann, als sie leise vor sich hin murmelte: *totototototot*, verwandelte sich das Wort in einen tauben Laut, der nichts mehr bedeutete.

Und dieser Ort, diese Kurve in der Mühlenstraße, war kein Gräberfeld. Es fehlten die Ruhe, die geordneten Erinnerungen und die stille Traurigkeit eines Friedhofes. Es war ein Ort erhöhten Bewusstseins, der ihr die Haare zu Berge stehen ließ. Das Ereignis war noch zu frisch. Ein Schlachtfeld, dachte Anja, auf dem das Blut gerade erst in den Boden gesickert ist. Ein kalter Schauer überlief sie. Sie blickte zurück auf ihr Fahrrad, das in ungefähr 200 Metern Entfernung im hohen Gras lag.

Drei Autos rauschten in dichter Folge an Marek und ihr vorüber. Anja warf den Blick zurück auf Marek, der ebenfalls rechtzeitig zur Seite gesprungen war. Ihr Herz klopfte so laut, dass es ihr schwer fiel zu atmen. Sie ließ Marek nicht mehr aus den Augen, als ob ihr Blick ihn kontrollieren und beschützen könnte. Er folgte jetzt langsam den Bremsspuren, den Blick auf den Boden fixiert, als versuchte er sie zu lesen. Er näherte sich langsam dem Baum.

»Warte!«, rief Anja, obwohl sie nicht allzu weit von Marek entfernt stand. Marek zögerte, sah sie fragend an.

»Geh nicht näher ran«, Anja versuchte, eindringlich zu sprechen, merkte aber, wie flehend ihre Stimme stattdessen klang. Sie war sich plötzlich sicher, dass Marek irgendetwas finden würde, wenn er den Ort weiter absuchte, irgendetwas, das sie besser nicht sehen sollten. Marek schien einen Moment lang nachzudenken.

»In Ordnung«, sagte er schließlich, »ich gehe nicht näher an den Baum heran. Ich muss nur wissen, ob Jan tatsächlich etwas ausgewichen ist. Vielleicht finde ich ja Spuren.«

Anja nickte hilflos, schloss widerwillig zu Marek auf. Es war immer noch besser, selbst zu suchen, als nur abzuwarten. Sie setzte langsam einen Fuß vor den anderen, drückte die fast kniehohen Grashalme nieder. Sie könnte auf dem Asphalt laufen, ganz am Rand, wo sie einigermaßen sicher war, dennoch kämpfte sie sich durch das Gras.

Marek schritt langsam den Straßenrand ab. Wie versprochen hielt er einen bestimmten Abstand zu dem Baum ein. Anja war jetzt so nah, dass sie die einzelnen hellen Fasern sehen konnten, die dort von dem dicken Stamm abstanden, wo die Rinde aufgeplatzt war.

Marek ging plötzlich in die Hocke, schob vorsichtig mit seinen Händen die langen Grashalme zur Seite. Dann wich er kaum merklich zurück und bedeckte seinen Mund mit beiden Händen. Anja beeilte sich aufzuholen. Sie ließ sich neben Marek nieder. Vor ihnen in einem Nest aus Gräsern lag reglos ein dunkles Fellbündel. Anja konnte verdrehte Gliedmaßen erkennen, spitze Ohren und getrocknetes Blut auf einer dreieckigen Nase.

»Es hat nicht einmal etwas genützt, das Ausweichmanöver.« Mareks Stimme zitterte leicht, langsam streckte er einen Finger aus und fuhr vorsichtig über das blutverklebte Fell. Erst jetzt erkannte Anja, dass es sich um eine Katze handelte, sie war noch nicht ganz ausgewachsen.

Anja schnellte nach vorn, drückte Marek dabei ein bisschen zur Seite. Sie schob ihre Finger unter den halb zerstörten Kopf der Katze, um ihn hochzuheben. Einen Augenblick lang glaubte sie, Wärme zu spüren, als sei die Katze noch lebendig, aber es war nur die warme Feuchtigkeit des Grases, die sich unter der kleinen Leiche gesammelt hatte. Anjas Finger rutschten tiefer unter den Kopf der Katze, ertasteten etwas Hartes, wo weiches Fell sein sollte. Sie hob den Kopf ein wenig an, es ging leicht. Er schien fast vollständig von dem Körper abgetrennt. Schließlich rutschte er seitlich von Anjas Fingern herunter.

Sie zuckte zurück, als hätte sie sich verbrannt. Der Unterkiefer der Katze war vollständig abgetrennt und der freigelegte Oberkiefer zeigte einen zahnlosen Mund. Dort, wo die Zähne sein sollten, waren kleine Löcher, gefüllt mit geronnenem Blut. Als hätte jemand jeden Zahn einzeln mit einer Zange herausgerissen. Anja überlief es kalt. Sie wischte sich die Hand an ihrer Hose ab und behielt dabei die tote Katze im Auge, als könnte sie jeden Augenblick aufspringen, ihren Buckel in den Himmel recken und ihre Krallen nach ihnen ausstrecken.

»Scheiße«, Marek atmete hörbar ein, »Scheiße.«

Er stand auf, machte eine abgehackte Bewegung, als wollte er fliehen, wüsste aber nicht wohin. Schließlich trat er ein paar Schritte zurück, drehte Anja den Rücken zu und ließ sich wieder in die Hocke sinken. Seine Schultern zuckten unkontrolliert, aber Anja vernahm nicht den kleinsten Laut, kein Weinen, nicht das leiseste Schluchzen. Sie stand auf, näherte sich ihm zögerlich, bis Marek anfing, den Kopf zu schütteln.

»Lass mich«, sagte er tonlos.

Anja blieb einen Moment lang unschlüssig stehen, dann drehte sie sich wieder nach der Katze um. Sie wollte sie nicht noch einmal anfassen, allein der Gedanke daran ließ ihre Handflächen jucken, als hätten sich Parasiten darin eingenistet. Sie rieb ihre Hände noch einmal fest an ihrer Hose ab. Dann riss sie büschelweise Gras aus dem Boden, füllte ihre Fäuste damit. Sie ließ die Halme auf die kleine Leiche fallen, kreuz und quer, bis sie fast vollständig bedeckt war.

Ein letztes Mal holte sie aus, schloss ihre Finger um ein Bündel Gras und zog. Diesmal gab der Boden nicht nach, die Wurzeln blieben fest in der Erde und auch die Halme hielten dem Zug stand. Anja schnaubte frustriert, sie beugte sich nach vorn, um ihren Griff weiter unten anzusetzen.

Ihr Zeigefinger streifte etwas Kaltes auf dem Boden. Es war eine Kälte, die sie taub im ganzen Körper spürte. Sie zog das Gras zur Seite, fand etwas Weißes, einen kleinen Kieselstein. Er war immer noch halb verdeckt von Gräsern und Erde, aber Anja sah jetzt, er war nicht ganz weiß, sondern leicht vergilbt wie Knochen oder Elfenbein. Anja griff mit spitzen Fingern zu. Das Steinchen fühlte sich nicht mehr kalt an und auch nicht hart wie Stein. Sie putzte mit den Fingern ein bisschen Erde ab und erschrak. Es war ein menschlicher Backenzahn, komplett mit seiner Wurzel, an der Reste von Blut klebten. Anja starrte einen Augenblick ungläubig auf das weißliche Ding in ihrer Handfläche.

»Jan!«, entfuhr es ihr schließlich.

»Was?« Anja hatte Marek fast vergessen. Er stand auf, näherte sich ihr mit einer Frage in den Augen.

»Nichts!« Schnell schloss sie ihre Faust um den Zahn. Es kostete sie Überwindung, denn sie ekelte sich vor ihm, aber Marek sollte ihn auf gar keinen Fall sehen.

Marek schien sich wieder im Griff zu haben. Seine Augen waren blutunterlaufen, aber trocken.

»Lass uns die Katze begraben«, sagte er und fing schon an, mit Hilfe eines Steins ein Loch zu graben.

Anja nickte, stand auf, um ihm zu helfen. Sie grub mit ihrer Hand, schabte die Erde mit den Fingernägeln aus der kleinen Kuhle. Sie benutzte nur ihre linke Hand, in der rechten hielt sie immer noch den Zahn umklammert. Er fühlte sich trocken und glatt an. Sie ekelte sich jetzt nicht mehr, sondern barg den Zahn sicher in ihrer Hand, als müsste sie ihn beschützen. Sie arbeiteten schweigend. Es dauerte eine Weile, bis das Loch in der trockenen Erde tief genug war. Irgendwann hob Marek den Blick und sah Anja an. Sie nickte.

Marek stand auf, um die Katze der Erde zu übergeben. Er befreite sie von den Grashalmen, unter denen Anja sie versteckt hatte, und schob vorsichtig beide Hände unter den toten Körper.

Er achtete darauf, dass der Kopf nicht wieder zur Seite rutschte und den zerschmetterten Kiefer entblößte. Anja suchte die unmittelbare Umgebung nach dem fehlenden Unterkiefer ab, fand ihn aber nicht. Die ganze Zeit über hielt sie den Zahn fest in ihrer Faust.

Marek bettete den stillen Körper vorsichtig in das kleine Grab. Er fuhr noch einmal fast zärtlich mit den Fingerspitzen über das struppige, verklebte Fell. Dann begann er, Hände voll Erde in die Grube zu streuen. Auch Anja streckte ihre linke Hand aus. Dann zögerte sie einen Moment und benutzte stattdessen ihre rechte. Sie füllte sie mit Erde, achtete darauf, dass der Zahn in der hohlen Hand vollkommen darin eingehüllt war, bevor sie ihn vorsichtig zu der Katze in die Grube gab. Marek hatte nichts davon bemerkt.

Sie klopften die Erde fest, eine kleine Erhebung war entstanden, unauffällig, mehr wie ein Maulwurfshügel als ein Grab. Am Schluss legte Marek den Stein, den er zum Graben benutzt hatte, darauf. Er seufzte, schien aber gelöster als vorher. Die unnatürliche Spannung, die Anja an diesem Ort gefühlt hatte, schien sich aufgelöst zu haben. Abwesend riss sie eine der wilden Blumen ab, die um sie herum wuchsen, und legte sie auf das Grab. Eine kleine weiße Blüte auf einem erdverkrusteten Stein.

»Danke, dass du mitgekommen bist«, sagte Marek, als sie schon wieder bei ihren Fahrrädern standen, »ich wusste nicht, wen ich sonst hätte fragen sollen.«

Anja nickte.

*

»Scheißkarre!«, schrie Romy und trat mit voller Wucht gegen den Vorderreifen des Fords. In diesem Moment hasste sie ihr Auto aus vollem Herzen, es blieb immer dann liegen, wenn sie kein Guthaben auf ihrem Handy hatte, wenn es Nacht war und sie sich irgendwo in der Landschaft zwischen irgendwelchen beschissenen Bruchsaler Vororten befand. Sie holte die Taschenlampe aus dem Handschuhfach und öffnete die Motorhaube.

Irgendwo in der Landschaft, dachte sie, ist ja zum Lachen. Sie wusste natürlich, wo sie war. Sie befand sich auf der Mühlenstraße. Das Auto war genau vor dem Haus an den Schienen stehen geblieben, fast ohne Vorwarnung, nach nur einem kurzen Klappern im Motor.

Romy versuchte, es zu vermeiden, das Haus anzusehen. Sie hätte den kleinen Umweg über die Bundesstraße nehmen sollen. Das Auto wäre dann wohl auch liegen geblieben, aber wenigstens müsste sie jetzt nicht in die Dunkelheit starren und sich fragen, ob dies die Stelle war, wo Jan verunglückt war.

Am besten wäre sie zu Hause geblieben, aber sie hielt es dort nicht aus, nicht in ihrem Zimmer und schon gar nicht in der Nähe ihrer Mutter. Nachdem sie Anja verlassen hatte, hatte sie den Ford vollgetankt, um planlos über die Landstraßen zu fahren: immer geradeaus, bei stetigen 100 km/h.

Sie richtete den Strahl der Taschenlampe in den Motor hinein. Sie war sich bewusst, wie unsinnig das war. Erstens hatte sie keinerlei Werkzeug bei sich und zweitens wusste sie viel weniger über Motoren, als sie es selbst gern vorgab.

Dir gefällt nur, wie du aussiehst, wenn du am Auto rumschraubst, hatte Anja einmal gesagt, *so voller Öl und Dreck!*

Romy lächelte kurz, Anja hatte wie immer recht gehabt.

Der Nachthimmel hing voller Wolken, es war fast unerträglich schwül, und ihre Taschenlampe und die Scheinwerfer waren die einzigen Lichtquellen.

Sie blickte den von Brombeersträuchern und Brennnesseln bedeckten Hang hinauf, über dem einsam das verlassene Fachwerkhaus thronte. Sie dachte daran, wie sie das erste Mal hier hinaufgeklettert war. Sie hatte sich gefühlt, als sei sie einem Geheimnis auf der Spur. Die nackten Arme und Beine voll blutiger Kratzer, zwängte sie sich durch den engen Spalt nach drinnen, wo der Staub in schmalen

Lichtstreifen tanzte, die ihren Weg durch die Ritzen zwischen den Brettern fanden.

Das war damals gewesen, als sie das Haus noch romantisch gefunden hatte, als ihr allein der Gedanke daran ein angenehmes Ziehen im Magen beschert hatte. Jetzt schien es ihr zu drohen. Es war Jans und ihr Haus gewesen. Der einzige Ort, der nur ihnen beiden gehört hatte. Nicht einmal Marek und Anja hatten gewusst, dass sie sich hier trafen.

Sie wischte sich mit ihrem T-Shirt den Schweiß aus dem Gesicht, aber auch das T-Shirt war feucht, klebte auf unangenehme Weise an ihrem Körper. Wie konnte es nur so heiß sein mitten in der Nacht? Sie machte einen Schritt weg von der offenen Motorhaube, um wenigstens der Hitze des Motors zu entkommen. Dann lehnte sie sich an die geschlossene Beifahrertür. Sie hatte plötzlich Schwierigkeiten, die schwere, feuchte Luft zu atmen, als legten sich im Dunkeln unsichtbare Hände um ihren Hals. Plötzlich fegte ein Windstoß durch die Büsche, ließ sie dunkel rauschen und traf Romy mit eisiger Kälte. All ihre Körperhaare stellten sich auf wie unter Strom, die Taschenlampe rutschte ihr aus der schweißnassen Hand und rollte unter das Auto.

Dann war es vorbei. Sie holte einmal tief Luft und ließ sich mit dem Rücken gegen die Tür am Auto hinabgleiten.

»Ich glaube nicht an Geister!«, flüsterte sie und wünschte sich mit aller Kraft, Anja wäre hier. Aber Anja hasste sie ja jetzt, musste sie hassen. Es war das erste Mal gewesen, dass Romy ihr auf diese physische Weise wehgetan hatte. Alle mussten sie jetzt hassen und sie hatten recht damit.

Romy wartete und wusste nicht worauf. Sie sollte loslaufen, zurück in die Stadt, versuchen, ein Auto anzuhalten, irgendetwas tun. Doch sie wartete einfach. Sie war selbst schuld, dass sie hier gestrandet war, hatte sich gezwungen, über die Mühlenstraße zu fahren, um sich zu beweisen, dass sie keine Angst hatte.

Keine Angst, sagte sie sich, keine Angst. Manchmal ist Angst haben wichtig. Das hatte Anja einmal gesagt, Romy hatte nur mit den Augen gerollt, doch jetzt fiel es ihr wieder ein.

Romy blickte wieder zum Haus, gegen die stille Silhouette vor dem trüben Nachthimmel. Sie schloss mit einem Knall die Motorhaube des Fords, holte die kleine Flasche Wodka, die sie für »Notfälle« in ihrem Auto lagerte, aus dem Handschuhfach und schloss das Auto ab. Angst haben ist in Ordnung, dachte sie, solange man nicht flieht. Sie ließ sich auf alle viere sinken und angelte die Taschenlampe unter dem Auto hervor. Dann kletterte sie den Hang hinauf, griff in Dornen und verbrannte sich die Handflächen an den Brennnesseln. Die Lampe nützte ihr nicht viel, weil sie beide Hände benutzen musste, um die steile Böschung nicht hinunterzurutschen. Sie schaltete sie aus und verstaute sie zusammen mit der kleinen Flasche in der großen Seitentasche ihrer Hose.

Es war nicht das erste Mal, dass sie sich dem alten Haus nach Einbruch der Dunkelheit näherte, aber das erste Mal, dass sie dabei allein war. Der Efeu musste in den letzten Monaten um einige Zentimeter gewachsen sein, er hing bis tief in die mit Brettern zugenagelten Fenster hinein, wand sich durch die Risse und Löcher in den Mauern. Das runde Licht ihrer Taschenlampe, die sie wieder herausgeholt hatte, zeichnete tiefe Schatten in die bewegte Flut der Blätter, die der Wind leise rascheln ließ. Es sah aus, als ob das Haus atmen würde, als verdeckte die Kletterpflanze kein totes Gemäuer, sondern eine Kreatur, die einsam und vergessen darauf wartete, zu Staub und Asche zu verfallen.

Romy schob das lose Brett in dem Fenster im Erdgeschoss zur Seite. Mit einer geübten Geste schwang sie sich auf das Fensterbrett und zwängte sich schließlich, die Taschenlampe zwischen den Zähnen, ins Innere des Hauses. Sie stand im Dunkeln, richtete das kleine Licht auf den Boden vor sich. Der ausgebleichte Flickenteppich, den Jan hierhergetragen hatte, lag noch an der gleichen Stelle wie das letzte Mal, als sie hier gewesen waren. Sie atmete die abgestandene Luft ein. Sie erkannte den Geruch wieder: staubige Dielen und Feuchtigkeit, die bis in den Sommer hinein in den Wänden blieb. Sie leuchtete einmal rundum, streifte die durchgesessenen Sofakissen, die auf dem Boden verteilt waren. Unzählige rote Kerzenstummel bedeckten den Boden. Romy tastete in ihrer Hosentasche nach dem Feuerzeug, das sie anstelle eines Flaschenöffners mit sich herumtrug. Sie ließ sich auf die Knie sinken und entzündete einen Kerzendocht nach dem anderen, bis der Raum um sie herum in seiner Gesamtheit sichtbar wurde.

Nichts hatte sich verändert, die Zeit in diesem Zimmer schien stehen geblieben zu sein, als wartete das Haus darauf, dass Jan und Romy zurückkommen würden. Romy sah das Poster von Maxwell's Demon an, das Jan an dem bröckelnden Putz der Wand befestigt hatte: unter dem Schriftzug die stilisierte Silhouette einer Vogelscheuche, auf deren Arm eine Krähe saß. Romy hatte dieses Detail ganz vergessen. Sie ließ sich auf eines der Kissen sinken und holte die Wodkaflasche aus ihrer Hosentasche. Sie nahm einen großen Schluck, verzog das Gesicht und spülte mit einem weiteren Schluck nach. Das Zimmer wirkte immer noch gemütlich im weichen Kerzenlicht, aber Romy fand es gleichzeitig auch unheimlich, viel unheimlicher als im kalten Licht der Taschenlampe, das ihr nur Fragmente gezeigt hatte. Jetzt, da das flackernde Licht einen Zusammenhang zwischen den Gegenständen im Raum herstellte, hatte sie fast den Eindruck, dass Jan auch hier war. Denn Jan hatte das Zimmer für sie eingerichtet, hatte das Poster aufgehängt und die Kerzen auf die Dielen geklebt.

»Auf dich«, flüsterte sie und setzte abermals die Flasche an die Lippen. Sie hörte eine Maus über den Boden huschen, ein flüchtiges Trippeln in übertriebener Lautstärke. Romy legte sich auf den Rücken, betrachtete die rissige Zimmerdecke im unruhigen Licht. Sie trank im Liegen so gut, wie es ging. Als sie die kleine Flasche geleert hatte, begann der Raum sich sanft zu drehen. Die Schatten um sie herum waren nähergekommen, kalter Rauch von heruntergebrannten Kerzen stand bewegungslos in der Luft. Sie wünschte, sie könnte sich die Dunkelheit über den Kopf ziehen wie eine Decke. Eine Dunkelheit, die sie nicht nur einhüllen, sondern auch ausfüllen würde, damit sie an nichts mehr denken musste.

Es war natürlich die letzte Nacht, die ihre Gedanken mit Gewalt beherrschte, es war eine ewige Rückkehr, die sich in Romys Gehirn abspielte. Sie ging die Kette der Ereignisse zurück, Schritt für Schritt, drehte jedes Wort um, das sie Jan gesagt hatte, und tauschte die Sätze in ihrem Kopf mit solchen aus, die ihn gerettet hätten.

Ihre Schuldgefühle überlagerten immer noch ihre Traurigkeit. Ich tue mir nur selbst leid, dachte sie, wie egoistisch ich bin! Dieser dumpfe Schmerz in ihrer Magengegend hatte mehr mit ihr selbst als mit Jan zu tun. Sie tat sich leid, weil sie nicht wusste, wie sie jemals wieder irgendjemandem in die Augen sehen könnte, ohne dort eine Anklage zu finden. Sie tat sich leid, weil sie nie wieder zurücknehmen konnte, was sie zu Jan gesagt hatte, diese fürchterlichsten letzten Worte, die jemals zwischen zwei Personen gefallen sein mussten. Die Abwesenheit Jans war etwas, das all diesem Leid zugrunde lag, aber sie war sich nicht sicher, wann ihre Traurigkeit endlich allein darin wurzeln würde. Sie wusste nicht einmal, ob das überhaupt möglich war.

Sie setzte sich langsam auf. Es war kälter um sie herum geworden, die dünnen Härchen auf ihren nackten Armen stellten sich auf. Sie kroch auf allen vieren an den Rand des Teppichs und ließ sich auf die Fersen sinken. Genau an dieser Stelle hatte Jan gesessen, in der gleichen gebückten Position wie sie jetzt, als er zwei Buchstaben mit einer tropfenden Kerze auf den Boden gemalt hatte: R+J.

Romy fuhr mit geschlossenen Augen über die Erhebungen auf den Holzdielen, als würde sie eine Blindenschrift lesen. Schließlich begann sie, die Buchstaben mit ihren Fingernägeln abzukratzen, erst langsam, fast abwesend, dann schneller, wütender, so lange, bis ihr die Finger wehtaten. Sie hatte fast alles Wachs vom Boden abgekratzt, trotzdem war ihre Mühe umsonst gewesen, denn das rote Wachs hatte längst das morsche Holz unter sich verfärbt. Der Schriftzug war blasser als zuvor, als würde er langsam in den Hintergrund verschwinden, aber immer noch lesbar.

Sie schnaubte frustriert, hob die leere Wodkaflasche vom Boden auf und warf sie, so fest sie konnte, gegen die

Wand. Romy sah sie im schwindenden Licht nicht auf-
prallen, hörte nur den Knall, laut wie eine Explosion in
der drückenden Stille des verlassenen Hauses. Glassplitter
flogen ihr aus der Dunkelheit entgegen, reflektierten das
spärliche Licht wie Hagelkörner. Sie hob die Arme, um ihr
Gesicht zu schützen.

Es ist nicht gerecht, dachte sie. Sie wusste, dass sie nichts
dafür konnte, dass sie nicht in Jan verliebt gewesen war,
trotzdem fühlte sie sich schuldig. Sie dachte an all die pein-
lichen Augenblicke mit Jan, an die Verachtung, die sie ihn
immer wieder spüren lassen hat, nur deswegen, weil er
sie mochte. Unter all diesen bösen Erinnerungen und der
Schuld, die sie sich auflud, ging fast vollkommen unter, dass
Jan auch einmal ihr Freund gewesen war.

Romy nahm eine der größeren Glasscherben, die um sie
herum lagen, in die Hand. Sie war dreieckig wie eine Pfeil-
spitze, an den Rändern scharf.

Sie wollte sich an Jan auf gute Weise erinnern. Sie wollte ihn vor sich sehen, wie er über seine Gitarre gebeugt
saß, versunken, ohne dabei arrogant zu wirken. Wie sich
seine Augen zu Schlitzen verzogen, wenn er lachte. Sie
dachte an die Party, auf der sie sich für den Augenblick
versöhnt hatten. Sie saßen in Mareks Zimmer auf dem
Boden, an die nackte Wand gelehnt. Romy erinnerte sich
an das grelle Licht, gegen das sie ihre Augen abschirmte.
Jan kratzte das Etikett von einer Bierflasche und traute
sich nicht, sie direkt anzusehen. Bis er plötzlich mit einem
Ruck die Flasche auf den Boden stellte, Romy sanft mit
dem Ellenbogen anstieß und mit einem schiefen Lächeln
sagte:

»Hey, du.«

Romy schob sich die losen Haarsträhnen aus den Augen, musste plötzlich lachen. Sie nahm die Bierflasche vom Boden auf, trank einen Schluck und reichte sie an Jan weiter.

»Frieden?«, fragte sie.

Jan schien zu überlegen, er drehte die halb volle Flasche in seinen Fingern. Die schwarzen Haare fielen ihm über die Augen, aber Romy sah, dass dieses kleine Lachen in Jans Mundwinkeln geblieben war. Schließlich nickte er, das Lächeln wurde breiter, zeigte weiß blitzende Zähne. Er schüttelte sich mit einer abrupten Geste die Haare aus der Stirn.

»Okay«, Jan sprach ein bisschen schleppend, als müsste er sich aus Treibsand herausziehen, »lass uns auf internationale Gewässer hinausfahren!«

Romy lächelte. Sie hielt den Glassplitter immer noch fest in den Fingern. Sie wollte Jan irgendwie ein Denkmal setzen, und wenn es nur war, um ihr Verhalten wiedergutzumachen.

Sie wog die Scherbe bedächtig in ihren Fingern, prüfte vorsichtig mit dem Daumen ihre Schärfe. Eine Erinnerung, dachte sie.

Langsam drehte sie ihren linken Unterarm, betrachtete die Innenseite, die weiche, makellose Haut, die im Halbdunkel blank und einladend leuchtete wie eine Leinwand. Sie setzte die Scherbe an, ritzte mit der Spitze ihre Haut auf. Es ging leicht und tat nicht weh. Ein bisschen tiefer, dachte sie, so lange, bis genug Blut fließt, um eine Narbe zu hinterlassen. Drei Buchstaben wollte sie sich in ihren Arm kratzen, nur drei kleine Buchstaben. Immer wieder setzte sie an mit dem festen Entschluss, diesmal tief genug einzudringen.

Sie konnte es nicht. Sie legte die Scherbe auf den Boden, rieb sich über die Gänsehaut auf ihren Armen, die allein die Vorstellung, sich selbst aufzuschneiden, erzeugt hatte.

»Scheiße«, sagte sie leise. Dann lachte sie. Fast konnte sie Jans Kopfschütteln vor sich sehen: Du bist doch gestört, Romy.

Inzwischen war auch die letzte der Kerzen heruntergebrannt. Romy stand langsam auf. Sie schaltete wieder die Taschenlampe ein. Der dünne Lichtstrahl schnitt durch die letzten grauen Rauchschwaden.

Sie wusste, sie würde nie wieder hierher zurückkehren. Sie stellte sich vor, wie sich der Staub der nächsten Jahre langsam und sanft wie Schnee über die Gegenstände legte, die sie hierhergetragen hatten, bis sie darunter verschwinden und in sich zusammenfallen würden. Tagsüber würden schmale Lichtstreifen das Zimmer durchkreuzen und die letzten Reste von Farbe aus den Dielen bleichen. Auch das Poster würde blass und unlesbar werden, bis es kaum noch von der bröckelnden Wand zu unterscheiden wäre.

Sie leuchtete noch einmal durch den Raum und kletterte dann durch das Fenster nach draußen.

Erst als sie schon wieder am Steuer des Fords saß, fiel ihr ein, dass das Auto ja liegen geblieben war. Dennoch steckte sie den Schlüssel ins Zündschloss.

»Lass mich jetzt nicht im Stich!«, flüsterte sie.

Der Motor sprang beim ersten Versuch an.

*

Marek atmete einmal tief durch, bevor er die Tür zu seiner Wohnung aufschloss. Er wollte nur ein paar Sachen in seinen Rucksack werfen und dann so schnell wie möglich wieder verschwinden. Er hatte die letzten Tage bei seiner Mutter gewohnt, in seinem alten Zimmer, das fast noch genauso aussah, wie er es vor ein paar Wochen verlassen hatte.

Er hatte sich geweigert, in die Wohnung zurückzukehren, in der Jan und er ihre gemeinsamen Spuren hinterlassen hatten. Wenn wir nie zusammengezogen wären, dachte er zum wiederholten Male. Wenn ich nicht ... Er schüttelte den Kopf und betrat den Flur. Die Tür zu Jans Zimmer stand einen Spaltbreit offen. Er zwang sich, nicht hinzusehen, betrat sein eigenes Zimmer. Er holte seinen Reiserucksack hinter dem Sofa hervor, sammelte ungewaschene T-Shirts vom Boden auf und zog wahllos Hosen, Socken und Pullover aus dem Regal. Er trat immer wieder auf die auf dem Boden verstreuten DVDs. Es war ihm egal, er fand es fast befriedigend, etwas kaputt zu machen. Schließlich packte er sein Notebook oben auf die Kleider im Rucksack und sah sich einmal langsam im Zimmer um. Er überlegte, was er noch mitnehmen sollte. Sein Blick streifte die Playstation, die Poster an den Wänden, seine beachtliche Sammlung von Turnschuhen. All diese Dinge, die einen wichtigen Teil seines Lebens ausgemacht hatten, waren ihm ganz gleichgültig geworden. Er hob den Rucksack auf seine linke Schulter und trat wieder in den Flur hinaus.

Eigentlich wollte er, ohne sich weiter aufzuhalten, die Wohnung verlassen, aber jetzt zögerte er doch. Er wusste, am nächsten Tag würde Jans Familie hierherkommen, um seine Sachen abzuholen. Seine Mutter hatte ihn angerufen und gefragt, ob er dabei sein wolle, aber er hatte abgelehnt. Er konnte Jans Familie nicht begegnen, er konnte ja nicht einmal sich selbst in die Augen sehen. Niemand wusste, was genau an jenem Abend geschehen war, und das sollte auch so bleiben. Seit Jans Unfall hatte er niemanden gesehen außer seiner Mutter und Anja.

Langsam ließ er den Rucksack wieder von der Schulter gleiten. Er lehnte ihn vorsichtig gegen die Wand. Dann machte er drei zögerliche Schritte auf Jans geöffnete Zimmertür zu. Was wird schon geschehen, dachte er. Es war die letzte Möglichkeit, Jan auf eine mehr oder weniger physische Weise nah zu sein, Dinge zu sehen, die er gerade erst berührt hatte. Marek merkte, wie sich ein Klumpen in seiner Kehle formte. Ich bin ein Masochist, dachte er, als er die Tür zu Jans Zimmer aufstieß.

Er hielt kurz den Atem an, ließ den Blick einmal über alle im Zimmer verteilten Gegenstände huschen, als könnte ihm jeden Moment ein wildes Tier entgegenspringen. Dann trat er ein und schloss die Tür hinter sich. Absolute Stille empfing ihn. Es schien ihm, als lägen die Gegenstände im Zimmer schon länger unberührt als nur ein paar Tage, obwohl es so aussah, als sei Jan nur einmal eben in die Küche gegangen. Der Schlafsack war zerknautscht auf Jans Doppelmatratze ausgebreitet, das Kopfkissen eingedrückt. Marek strich mit der Hand über die Mulde, die Jans Kopf hinterlassen hatte. Ein schwarzes Haar mit heller Wurzel hob sich deutlich von dem weißen Kissenbezug ab. Ein Schauder überlief ihn und er zog die Hand wieder zurück.

Das Zimmer war, wie sein eigenes, kaum eingerichtet, aber irgendwie hatte Jan es in der kurzen Zeit geschafft, ihm seinen eigenen Charakter zu geben. An den Wänden hingen großformatige Fotos, die er aufgenommen und schließlich digital bearbeitet hatte: Wiederkehrende Motive waren verlassene Häuser, unter Efeu versteckt oder bis auf die Grundmauern abgerissen, Skelette von Autos, eine Serie von Baumaschinen in einem stillgelegten Steinbruch. Reste von menschlicher Architektur in karger Landschaft. Viele der Bilder gehörten auf die ein oder andere Weise zu Maxwell's Demon, hatten ihren Weg auf Poster, CD-Hüllen oder ihre offiziellen Seiten bei Myspace und Facebook gefunden. Ein fleckiges, dunkles T-Shirt lag auf dem Boden. Marek widerstand dem Drang, es aufzuheben. CD-Hüllen stapelten sich vor der Stereoanlage auf dem Boden. Die digitale Anzeige der Anlage blinkte. Sie befand sich im Pause-Modus: Die Silberscheibe musste sich seit Tagen unaufhörlich und vergessen um sich selbst drehen. Marek drückte »Play« und befand sich plötzlich inmitten einer langsamen Melodie: sperrige Gitarrenklänge unter resigniertem Gesang. Er wusste, um welches Album es sich handelte: *Planet of Ice* von Minus the Bear. Er hatte es nie besonders gemocht.

Er setzte sich im Schneidersitz auf den Boden und hörte eine Weile zu, während er weitere Details des Zimmers wahrnahm: einen staubigen Traumfänger, der am geöffneten Fenster hing, einen Volleyball voller Unterschriften, der hinter dem Papierkorb hervorschaute, und einen geöffneten Filzstift, der gefährlich nah am Rand des kleinen Kinderschreibtisches lag. Es waren alles Dinge, die in Bewegung sein sollten, dachte Marek. Es war falsch, wie leblos und vergessen das Zimmer wirkte, als stünde die Zeit tatsächlich still, seit Jan nicht mehr hier war.

Aber die CD dreht sich, dachte Marek. Und ich kann aufstehen und weitergehen.

Doch er blieb sitzen, stellte sich vor, so lange stillzuhalten, bis er hart wie Stein sein würde. Reste von menschlicher Architektur in karger Landschaft.

Das wäre ein guter Titel für ein Demo, hörte er Jan in seinem Kopf sagen, halb ernst und halb ironisch, wie um eine Idee zu testen.

Marek lachte kurz auf, legte die Handflächen gegen seine geschlossenen Lider, bis der Druck dahinter so schwach geworden war, dass er sich traute, die Augen wieder zu öffnen. Er stand endlich auf, holte *Planet of Ice* aus der Stereoanlage. Er machte sich nicht die Mühe, die passende Hülle aus dem Chaos herauszusuchen, sondern steckte sich die Silberscheibe ungeschützt in die Hosentasche.

Sorgfältig schloss er Jans Zimmertür hinter sich, verriegelte dieses Mausoleum, das er nie wieder zu betreten beabsichtigte. Er stellte sich vor, er würde all seine Gedanken der letzten Tage, den Schmerz, die Verwirrung und die Schuld mit einschließen und für immer zurücklassen. Damit er sich an Jan wieder als denjenigen erinnern konnte, der er gewesen war: sein bester Freund.

Aber es gab Türen, die, einmal geöffnet, nie wieder ganz geschlossen werden konnten. Marek schüttelte den Kopf über diese verbrauchte Metapher. Aber vielleicht hatte er auch nur Freundschaft mit etwas anderem verwechselt.

In diesem Moment klingelte es. Marek fuhr zusammen. Sein Herz klopfte, als hätte ihn jemand bei etwas Verbotenem erwischt. Er überlegte kurz, ob er die Klingel einfach ignorieren sollte. Aber dann riss er sich zusammen und öffnete die Tür, ohne vorher durch den Spion zu sehen. Im Hausflur stand Isa, die dünnen Arme vor der Brust gekreuzt und die langen Haare im Gesicht.

»Kann ich kurz reinkommen?«, fragte sie vorsichtig.

Marek nickte und trat zur Seite. Sie ging nicht wie sonst sofort in sein Zimmer, sondern steuerte auf die Küche zu. Er folgte ihr, sein Blick fiel auf den Stapel von schmutzverkrustetem Geschirr, der seit über einer Woche unberührt hier stand. Isa setzte sich nicht und Marek forderte sie nicht dazu auf.

Sie standen sich gegenüber, Marek lehnte an der Spüle, fühlte sie hart und kalt in seinem Rücken. Das Schweigen zwischen ihnen war unangenehm. Eigentlich war es das immer gewesen, dachte Marek. So viel war schiefgelaufen in ihrer Beziehung, ohne dass er sich dessen bewusst gewesen war. Er hatte es als selbstverständlich akzeptiert, dass sich die Nervosität, die Verliebtheit zwischen ihnen nach kürzester Zeit in Luft aufgelöst hatten. Erst jetzt verstand er, dass Isa tatsächlich oft unter seiner Gleichgültigkeit gelitten hatte, während er sie als hysterisch und paranoid bezeichnete. Wie dumm ich war, dachte er. Dumm und blind und blockiert.

Marek schnaubte unwillkürlich durch die Nase. Isa zuckte zusammen, sah ihm vorsichtig in die Augen. Sie öffnete den Mund und begann zu sprechen:

»Ich …«

»Es tut mir leid.« Marek musste seine Entschuldigung loswerden, noch bevor Isa irgendetwas sagen konnte.

Sie sah ihn erstaunt an, ihre hellen Augen waren direkt auf ihn gerichtet, der Blick klar. Sie schien darauf zu warten, dass er weitersprach.

»Es tut mir leid …«, begann er noch einmal.

Er fühlte sich hilflos und ein bisschen überfordert. Er wollte Isa alles erklären, wollte die ganze geheime Geschichte, die er seit Tagen mit sich herumtrug, vor ihr ausspucken. Er wusste nur nicht, wo er anfangen sollte. Seine Gedanken und Gefühle schienen einen unauflösbaren Knoten zu bilden, ohne sichtbaren Anfang oder Ende. Es war, als müsste er sie in einem einzigen Wort zusammenfassen, sonst würden sie sich in Lügen und Ausflüchte verstricken. Wie eine Katze, die sich in den Schwanz beißt, um sich selbst aufzufressen.

Isa schüttelte endlich den Kopf, legte ihre Stirn in Falten:

»Mir tut es auch leid.«

Marek fand, sie sah so aufrichtig aus, es tat ihm fast weh, sie anzusehen.

»Dir muss nichts leidtun«, sagte er, »es war ja alles meine Schuld.«

Er merkte, wie er immer wieder seine eigene Schuld beteuerte, als glaubte er selbst nicht daran. Er hatte begonnen, auf seinen Lippen herumzukauen, löste mit den Zähnen kleine Hautfetzen von ihnen ab und schluckte sie herunter.

»Wie ich mit Jan geredet habe, am Freitag ...« Isa sprach weiter, als hätte Marek gar nichts gesagt. Sie schloss die Augen, als schmerzte sie die Erinnerung daran: »Dabei konnte er doch gar nichts dafür. Ich war nur so sauer auf dich und auf ihn und auf Romy und auf die ganze Welt ...« Isa sah ihn wieder direkt an, sprach erneut mit dieser einschüchternden Aufrichtigkeit.

Sie meint alles, was sie sagt, und sie fühlt alles so, wie sie es sagt, dachte Marek.

»Das waren so hässliche Dinge, die ich gesagt habe, und jetzt tut mir alles so leid. Und ich fühle mich schuldig. Ich kann verstehen, wenn du mich jetzt hasst.«

Isa verstummte. Sie lehnte reglos an den schmutzig-weißen Kacheln der Küchenwand, die Hände zu engen Fäusten geballt. Marek schüttelte stumm den Kopf und machte einen zögernden Schritt auf sie zu. Er legte langsam seine Arme um ihren Körper. Er spürte, wie verkrampft sie war. Es war einmal leicht gewesen, Isa in den Arm zu nehmen, dachte er, denn eigentlich war es immer sie gewesen, die die unsichtbaren Schranken zwischen ihnen eingerissen hatte. Er hatte sich in seiner Passivität immer wieder von ihr überwältigen lassen. Jetzt schien es, als würden ihre beiden Körper nicht mehr zusammenpassen, Knochen rieben aneinander, verkrampfte Muskeln gaben nicht nach. Dennoch klammerte sich Isa an ihm fest, vergrub ihr Gesicht an seiner Schulter. Und plötzlich merkte Marek, dass auch er sich fast gewaltsam an Isa festhielt.

»Ist schon gut«, flüsterte er, »ich weiß, du wolltest das alles nicht sagen.«

»Doch«, Isas Stimme klang heiser, sie kitzelte an Mareks Hals, »doch, das wollte ich.«

Ein Schauer überlief sie. Marek streichelte vorsichtig über ihren Rücken. Er wollte ihr irgendwie klarmachen, dass er sie verstand, dass er wusste, wie sie sich fühlte, aber er konnte nur wiederholen:

»Ist schon gut. Ich weiß ja.«

Schließlich machte sich Isa von ihm los. Sie trat einen Schritt zurück und strich sich das Haar aus dem Gesicht. Ihre Augen waren trocken und ihre Stimme zitterte kaum, als sie fast sachlich feststellte:

»Du liebst mich nicht.«

Marek zuckte zusammen, begann wieder, kleine Hautfetzen von seinen Lippen zu entfernen.

»Du liebst mich nicht«, sagte Isa noch einmal mit Nachdruck.

Marek schüttelte langsam den Kopf, zwang sich, Isas Blick nicht auszuweichen.

»Ich kann nicht«, flüsterte er schließlich, »es tut mir leid.«

»Warum?« Isa klang flehend, hoffnungslos.

Marek schüttelte nur weiter den Kopf:

»Tut mir leid.«

Isa nickte schließlich, als hätte sie einen Entschluss gefasst. Sie hob die rechte Hand, als wollte sie ihm ins Gesicht schlagen. Marek zuckte unwillkürlich zurück. Doch Isa holte nicht aus, sondern führte die Hand langsam an sein Gesicht und strich ihm sanft über die Wange. Sie lächelte traurig, weinte aber nicht.

»Ich dich schon …«, sagte sie leise.

Sie zog ihre Hand zurück. Mareks Wange brannte immer noch von der Berührung, stärker als damals, als sie ihn geschlagen hatte, genau auf die gleiche Stelle. Ein Klumpen hatte sich in seinem Hals gebildet, unterdrückte die ohnehin leere Entschuldigung, die ihm auf den Lippen lag.

»Ich geh dann mal.« Isa stand schon in der Tür, als hätte sie es plötzlich eilig. »Ich hoffe, dir geht's einigermaßen …«

Sie ließ ihren Blick über die kleine Wohnung schweifen, über die Bandposter im Flur, das große Foto von Jan und Marek auf der Bühne, das in der Küche hing.

Marek schluckte mit Anstrengung.

»Ich ziehe jetzt wahrscheinlich doch ganz nach Heidelberg«, sagte er aus heiterem Himmel. Isa nickte.

»Kann ich verstehen«, seufzte sie.

Dennoch kam es Marek so vor, als hörte er eine leise Anklage in ihren Worten mitschwingen. Sie hat ja recht, dachte er. Du fliehst, Marek, aber was bleibt dir auch anderes übrig?

Als Isa die Tür hinter sich ins Schloss gezogen hatte, atmete Marek einmal tief durch. Er war froh, dass Isa gekommen war, dass sie nicht so feige war wie er selbst. Andererseits schämte er sich, dass er ihr wehgetan hatte. Er hatte sich entschuldigt, immer und immer wieder, hatte ihr aber keine Erklärung geben können. Wenigstens Isa hat ein Recht darauf zu wissen, was mit mir los ist, dachte er. Aber er war noch nicht so weit, zweifelte im Moment sogar daran, dass er jemals bereit sein würde, *es* laut zu sagen: *Ich mag keine Mädchen, ich bin schwul, ich war in Jan verliebt.* Ich liebe Jan.

Er verstand nicht, wie er seit Jahren so blind sein konnte, wie er sich für *normal* hatte halten können. Er hatte sich seine Realität zurechtgebogen und somit keinen einzigen Zweifel aufkommen lassen. Aber, dachte er, was heißt denn schon normal? Nur weil er sein ganzes Leben lang Dinge und Menschen in Kategorien eingeteilt hatte, war es überhaupt so weit mit ihm gekommen. Wahrscheinlich musste er seine komplette Weltsicht ein wenig verschieben.

Er erinnerte sich plötzlich an ein Gespräch, dem er vor zwei Jahren auf dem Oberstufenhof seines Gymnasiums zugehört hatte. Jan, Romy und er standen dicht gedrängt neben den Bänken. Anja steuerte langsam von der Tür her auf sie zu. Sie bahnte sich ihren Weg durch die kleinen und größeren Grüppchen von Schülern, die sich rauchend unterhielten oder Hausaufgaben voneinander abschrieben. Den albernen schwarzen Filzhut, den sie damals immer trug, hatte sie sich tief in die Stirn gezogen. Ihre Augen versteckten sich hinter einer grellroten Sonnenbrille.

Jan und Romy redeten über ihre letzte Stunde: Evangelische Religion. Marek hörte nur mit halbem Ohr zu, Beschwerden über den evangelischen Pfarrer, der den Unterricht gab, waren nichts Neues. Marek selbst besuchte Katholische Religion, während Anja niemals auch nur einen Fuß in irgendeinen Religionsunterricht gesetzt hatte, wie sie ihm einmal voller Stolz mitgeteilt hatte. Er war müde und fror ein wenig. Es war einer der ersten sonnigen Frühlingstage und Marek hielt sein Gesicht der Wärme entgegen. Er stellte sich vor, er könne die Sonnenstrahlen mit seiner Haut aufsaugen und in Energie umwandeln wie eine Eidechse. Er überlegte, ob er Jan dazu überreden könnte, die letzten beiden Stunden zu schwänzen, um in den Schlossgarten zu gehen. Sie könnten ein paar Bier kaufen, vielleicht eine Pizza holen. Sie würden schnell bei Jan vorbeigehen, um seine Akustikgitarre zu holen, und dann gemeinsam an neuen Songs arbeiten.

»Was hältst du davon, Marek?« Jans Stimme ließ Marek aus seinen müden Träumereien aufschrecken.

»Ist doch ziemlich heftig, oder?«, mischte sich Romy ein. »Stell dir vor, irgendeiner von uns in der Klasse ist tatsächlich schwul. Wie der sich dann fühlen muss.«

»Oder *die*! Es gibt schließlich auch schwule Mädchen.« Jan wirkte plötzlich ein wenig verstimmt.

»Worum geht's denn?« Marek kam sich dumm vor, er fühlte sich unangenehm berührt und wusste nicht, woran es lag. »Ich war in Gedanken gerade woanders ...«

»Der Baumann hat mit uns über *Homosexualität* gesprochen«, Romy legte eine übertriebene Betonung auf das

Wort, es klang gravitätisch und lächerlich zugleich, »und dann hat er uns versichert, alle Homosexuellen stellen einen *Fehler in Gottes Schöpfung* dar.«

»Ein *Fehler in Gottes Schöpfung?*« Anja hatte inzwischen ihre kleine Gruppe erreicht. Sie hatte die rote Sonnenbrille, die fast ihr ganzes Gesicht bedeckte, abgenommen und blinzelte mit weit aufgerissenen, dunklen Augen in die Runde. Marek konnte sich nicht recht entscheiden, ob sie eher erschreckt oder ungläubig aussah. Es war ein typischer Anja-Moment, ein kurzer Augenblick, ein unmittelbares Ereignis, das sie aus den seltsamen Weiten ihres Gehirns in die graue Realität zurückholte. Marek wollte sie in solchen Augenblicken oft am liebsten an den Schultern packen und heftig schütteln. Irgendetwas an ihrer Naivität machte ihn wütend.

»Ja«, erklärte Jan weiter, »und dann meinte er, wer homosexuell ist, könne vielleicht nichts dagegen tun, weil das ja genetisch sei.«

»Aber Schwule sollten ihre Sexualität nicht *ausleben*«, Romy hatte wieder übernommen, sie sprach jetzt Anja zugewandt, »denn das sei ja gegen die Natur und Gott habe das so nicht gewollt. Der hat nur blöderweise diesen dummen *Fehler* in seine blöde Schöpfung eingebaut.«

Romy und Jan sahen sich an und lachten verächtlich.

»Unsere Dorfpfarrerin hat ungefähr 15 Kinder, stimmt's Anja? Die darf sich ausleben, wann immer sie will.« Romy stieß sie mit dem Ellbogen in die Seite.

Anja zuckte mit den Schultern: »Ich hab die Kinder nie gezählt. Für mich sehen die sowieso alle gleich aus.«

Romy und Jan lachten wieder und auch Marek spürte sich lächeln, aber Anja blieb seltsam nachdenklich.

»Ich weiß nicht, wie man sich einen Christen nennen kann und glauben, man sei ein guter Mensch, und dann solche Sachen sagen!« Romy sprach gegen den Pausengong an.

Sie setzten sich in Bewegung, um nach drinnen zu gehen, bis sie merkten, dass Anja einfach stehen geblieben war. Sie drehten sich nach ihr um. Marek bemerkte den angespannten Zug um Romys Mund, während sie Anja beobachtete, die sich die Sonnenbrille wieder aufsetzte, sie sich langsam den Nasenrücken hochschob. Anjas Stimme klang tiefer als sonst, als würde sie zitieren, als sie schließlich sprach, und Marek erkannte tatsächlich eine Passage aus einer Kurzgeschichte von Flannery O'Connor wieder, die sie vor Kurzem im Englischunterricht gelesen hatten:

»Er könnte ein guter Mensch sein. Wenn es jemanden gäbe, der ihn jede Minute seines Lebens erschießen würde.«

Romy grinste, als Anja zu ihnen aufschloss, während Jan Marek einen Blick zuwarf, den dieser nicht ganz zu deuten wusste. Im Inneren des Schulgebäudes trennten sich ihre Wege. Während die Mädchen auf die Sporthalle zusteuerten, machten sich Jan und Marek in den Biologieflügel auf. Jan schnaubte laut durch die Nase. Es war ein verächtlicher und leicht peinlich berührter Laut:

»Ich habe ja schon immer gewusst, dass Anja eine Lesbe ist!«

»Ach halt doch die Klappe.« Marek blieb abrupt stehen.

Jan sah ihn verwundert an. Marek wunderte sich selbst über seinen plötzlichen Ausbruch. Es fiel ihm auf einmal auf, dass er die ganze Zeit über nichts zu dem Thema gesagt hatte, dass er nur schweigend zugehört hatte. Aber irgendetwas hatte ihn an Anjas Haltung beeindruckt, irgendetwas an ihrem seltsam gewaltsamen Satz klang ihm immer noch in den Ohren nach.

*

Marek verließ die Wohnung, drehte sorgfältig den Schlüssel zweimal im Schloss. Er verrückte den Wanderrucksack auf seiner Schulter und machte sich auf den Weg.

Es war Anjas Selbstsicherheit, die er damals unbewusst bewundert hatte, dachte er jetzt, die Festigkeit ihrer Meinung, die sie vor niemandem zu verstecken gedachte. So wie Jan seine Gedanken immer offen auf seinem Gesicht getragen hatte, nicht wusste, wie man seine Gefühle vor anderen oder sich selbst verbarg. Auch Isa war vor allem eines: aufrichtig mit sich selbst. Das hatte sie erst heute wieder bewiesen.

Persönlichkeit nennt man so etwas, dachte er. Nur ich, ich bin nicht echt. Ich spiele mir selbst etwas vor, immer und immer wieder. Schaue nach links und rechts, ob mir jemand dabei zusieht, peinlich berührt.

*

Anja fühlte die Dielen hart unter sich. Sie stemmten sich gegen ihre Schulterblätter und drückten ihr Holzsplitter durch das dünne T-Shirt in den Rücken. Ganz so, als wollten sie sie zum Aufstehen bewegen. Sie wusste nicht, wie lange sie schon regungslos auf dem Boden lag, wie lange ihre Handflächen still auf dem sonnenwarmen Holz ruhten. Sie hörte das Ticken der Wanduhr in der Küche durch ihre geöffnete Zimmertür. *Ticktack ticktack*, wann kommt Mi nach Hause?

Sie fragte sich, wie lange es dauerte, bis sie sich wund liegen würde. Ihre Haut würde weich werden, dunkel und feucht, bis sie bereit war, sich zu öffnen. Ihr Fleisch würde sich selbst konsumieren, in sich zusammenfallen, bis nichts mehr übrig wäre als Knochen. Ein kleines, sauberes Skelett auf dem staubigen Holzboden, die Arme weit von sich gestreckt. Anja lächelte.

Der rechteckige Fleck Sonnenlicht, der durch das Fenster fiel, war gewandert, seit sie sich aus einem Impuls heraus auf den Boden gelegt hatte. Erst hatte er ihre nackten Beine gestreichelt, jetzt brannte er auf ihrem Gesicht. Der Schatten des Fensterkreuzes warf scharfe Linien, unter denen sie ihre Augen entlangwandern ließ. Es war die einzige Bewegung, die sie sich erlaubte.

Dann hörte sie das Knarren der Tür, das Tappen von Hundepfoten auf den Dielen und Mis langsame Schritte. Anja spürte die Vibration des Bodens. Sie wunderte sich darüber, wie viel näher die Schritte von ihrer liegenden Position aus klangen.

»Anja, bist du zu Hause?«

»Ja«, sagte sie leise, aber in ihren Ohren klang es tonlos, wie eine Verneinung.

Mi stieß die einen Spaltbreit geöffnete Zimmertür weiter auf und trat langsam ins Zimmer. Anja erlaubte es sich, ein wenig den Kopf zu drehen. Mi stand einen Augenblick still, während Anja sie von unten betrachtete. Sie sah alt aus, wie eine richtige Greisin. Das vergilbte weiße Haar hing ihr offen über die Schultern, die sie immer ein wenig angezogen hielt, als trüge sie die ganze Last des Himmels darauf.

Sie ist farblos, dachte Anja. Sie wusste nicht, ob Mi schon immer so gewesen war oder ob erst die letzten Jahre sie ausgebleicht hatten wie die ausgewaschene blaue Kittelschürze, die sie trug. Anja sah, dass ihre Hausschuhe an den Nähten ausgefranst waren, kleine Löcher an den Fußspitzen aufwiesen. Ich kann ihr neue besorgen, dachte sie, und vielleicht eine Kette oder irgendetwas Schönes für Mi allein.

Du darfst so nicht gehen, dachte sie. Kannst nicht einfach in den Hintergrund verschwinden, ohne dass es jemand merkt.

»Anja«, sagte Mi, »was machst du?« Ihre Stimme klang nachsichtig, als spräche sie mit einem kranken Kind.

Anja kam sich plötzlich ein wenig lächerlich vor, blieb aber hartnäckig liegen, als könnte sie so irgendetwas beweisen. Immerhin drehte sie sich auf die Seite, um Mi besser sehen zu können, die sich erstaunlich biegsam vor ihr in die Hocke sinken ließ. Anja legte ihren Kopf auf ihrem abgeknickten rechten Arm ab, mit der linken Hand rieb sie sich ihren steifen Nacken.

»Ich weine nicht«, sagte Anja schließlich leise.

Mi sah sie stumm an, die dunklen Augen, die Anja von ihr geerbt hatte, waren das Einzige an ihr, das nicht ausgebleicht oder verbraucht aussah. Anja überlegte kurz, wie die Augen ihrer Eltern aussahen, wusste es aber nicht, sie hatte die beiden Gesichter schon lange vergessen, sie könnte ihnen auf der Straße begegnen und würde sie nicht erkennen.

»Manchmal ist ein Schmerz so groß, dass es eine Weile braucht, bis man die Traurigkeit darin findet.« Mi streckte die Hand aus, um Anja über den Kopf zu streicheln, aber diese wich unwillkürlich aus. Mi zog die bleiche, faltige Hand zurück und legte sie langsam in ihrem Schoß ab.

»Nein«, sagte Anja, »ich fühle ja. Ich fühle Romys Schmerz und Wut. Ihre Schuld. Mareks Schmerz verstehe ich nicht, aber ich fühle ihn. Auch er glaubt, er sei schuldig. Wenn ich an Isa denke, dann meine ich, auch ihren Schmerz zu fühlen und ihre Schuldigkeit, obwohl ich sie noch gar nicht gesehen habe. Wahrscheinlich ist das alles Quatsch, aber ich weiß es einfach nicht.«

Anja schloss kurz die Augen, suchte die richtigen Worte, die es nicht gab:

»Ich weine nicht.«

Mi sah sie an, als würde sie verstehen, was Anja nicht in Worte kleiden konnte. Dass sie nicht wusste, ob ihr eigener Schmerz nur vergraben war unter all den Emotionen der anderen, die sie immer so gut verstehen und nachvollziehen konnte. Oder ob sie innerlich tot war.

»Alle haben Angst voreinander«, Anja setzte sich jetzt doch auf, zog fest die Knie an ihre Brust heran, »weil sie alle denken, sie seien schuld.«

Mi schüttelte den Kopf, genau wie Anja es erwartet hatte:

»Niemand von euch ist schuld. Du auch nicht, ganz egal, was Romy sagt.«

Anja lächelte traurig.

»Ich habe seit Wochen *Dinge gesehen*«, sie fühlte sich idiotisch, sie war nicht daran gewöhnt, darüber zu sprechen, »ich habe sie nur nicht verstanden.«

Anja schüttelte wie wild den Kopf, konnte es immer noch nicht fassen, was passiert war, und dass es keinen Grund gab, warum Dinge geschahen.

»Ich wusste nicht, dass es etwas mit Jan zu tun hatte. Ich konnte es nicht verstehen.« Sie vergrub ihren Kopf zwischen den Armen, fühlte den Staub, der auf ihrer Haut klebte und an ihrem Hinterkopf hängen geblieben war. Sie rieb sich über die Arme, plötzlich angeekelt, wollte den Schmutz mit Gewalt von sich abstoßen.

Dann fühlte sie Mis weiche Hände in ihrem Haar. Anja streckte blind die Arme aus und ließ sich in die Umarmung fallen. Mi war warm, weich und beruhigend, wie sie es immer war. Anja atmete ein paar Mal tief ein und aus, dann löste sie sich.

Mi sah ihr fest entgegen.

»Glaubst du, du kannst die Zukunft sehen, Anja?« Sie klang leicht beunruhigt, gleichzeitig ein wenig ironisch.

Anja dachte einen Moment nach:

»Nein«, sagte sie dann, »nein, kann ich natürlich nicht!«

»Dann hast du auch nichts falsch gemacht.«

»Aber ...«

»Das Leben ist voller Zeichen, Anja«, Mi sprach, während sie sich langsam erhob, »jeder Mensch kann sie sehen. Manche mehr und andere weniger. Bedeutung teilen wir ihnen erst sicher zu, wenn wir zurückblicken.«

Anja starrte sie an, dachte nach. Dann nickte sie widerstrebend:

»Vielleicht.«

»Und vergiss nicht«, Mi sprach, während sie sich aus Anjas Zimmer zurückzog, »wenn ich morgen ausrutsche, ist es bedeutend, dass ich heute Bananen gekauft habe.«

Das ist nicht ganz das Gleiche, wollte Anja sagen. Dann sah sie Mis ironisches Lächeln und die tiefen Lachfalten, die ihr ganzes Gesicht überzogen, und lächelte zurück.

*

Es war früher Abend, die Stunde, in der sich die Hitze langsam von den Feldern und Wiesen hob und sie freier atmen ließ. Die Luft schien Romy durchsichtiger als die letzten Tage, als sie sich dem Haus am Ende des Schotterwegs näherte. Der schwere Duft von Knöterich schlug ihr entgegen, Bienen summten in den Wänden der dichten Schlingpflanze.

Es gibt einen bestimmten Moment, dachte Romy, einen Augenblick, in dem man zum ersten Mal den Herbst spürt. Wie ein eisiger Hauch in der Hitze, ein Duft, der zu süß ist, ein Duft nach Verfall.

Sie war zu Fuß hierhergekommen, zum ersten Mal seit langer Zeit. Sie war durch das Wohngebiet gelaufen, das es noch nicht gegeben hatte, als sie ein Kind gewesen war. Sie war über neuen Asphalt gelaufen, dort, wo sie früher mit Anja im Gras gelegen hatte. Noch ein paar Jahre, dachte sie, dann hat das Dorf Anjas Haus umschlossen. Sie blieb einen Moment stehen, betrachtete das kleine Haus unter der riesigen Schlingpflanze. Wo der Putz zu sehen war, bröckelte er von der Wand. Ein Fenstersims war halb abgebrochen und die Fensterscheiben waren blind vor Schmutz. Romy versuchte, sich zu erinnern, ob dies neu war oder schon immer so gewesen. Eine lächerliche Angst breitete sich in ihr aus, es war die Erinnerung an eine Furcht, die sie als Kind gehabt hatte. Die Furcht, eines Tages vor Anjas Haus zu stehen und es verlassen vorzufinden. Anja und Mi schienen damals, vor über zehn Jahren, aus dem Nirgendwo gekommen zu sein. Weder hatten sie Familie noch Freunde in der Umgebung, sie waren plötzlich einfach da gewesen. Romy stellte sich vor, sie würde die Tür aufstoßen und nur Leere und Verlassenheit vorfinden. Der Schriftteppich an der Wand würde noch da sein, aber dort, wo seit zehn Jahren die immergleichen Möbel gestanden hatten, würden nur noch blasse Schatten lauern.

Plötzlich sah Romy, wie sich im Küchenfenster etwas bewegte. Sie lächelte ein wenig nervös und machte sich auf, die letzten Meter den Schotterweg entlang zurückzulegen. Hör auf zu träumen, dachte sie.

Romy hob zögerlich die Hand, um an die Tür zu klopfen. Sie konnte sich nicht daran erinnern, jemals nervös gewesen zu sein, während sie vor Anjas Haus stand. Die ersten Male wahrscheinlich, dachte sie, als das neue Mädchen in ihrer Klasse sie neugierig gemacht und Mi sie in ihrer Fremdheit gleichzeitig angezogen und eingeschüchtert hatte. Hoffentlich macht Mi auf, dachte Romy feige, als sich die Tür langsam öffnete.

Es war Anja, die vor ihr stand, sie trug löchrige schwarze Leggins und darüber das riesige graue T-Shirt mit dem *My Little Pony*-Aufdruck, das Romy schon mit zehn Jahren lächerlich gefunden hatte. Sie schwiegen sich an, bis Romy einen Schritt zurücktrat, eine Stufe abwärts. Sie blickte Anja von unten an, unfähig, in deren regungslosem Gesicht zu lesen. Schließlich trat Anja von der Tür zurück, machte Platz, um Romy hereinzulassen. Romy trat zögerlich in den schmalen Hausflur, vermied es weiterhin, Anja anzusehen. Sie hatte sich zurechtgelegt, was sie sagen, wie sie sich erklären würde, aber alle Worte waren ihr verloren gegangen.

Plötzlich sah sie Fragmente ihres eigenen Gesichts, die ihr der gesprungene Spiegel an der gegenüberliegenden Wand entgegenwarf. Romy las wie zum ersten Mal die geschwungenen Buchstaben, die sich in Anjas Handschrift rund um den Spiegelrahmen wandten: *Ich bin Ich bin Ich bin Ich* ...

Sie hob die Hand an ihre Schläfe, wie um ihr im Spiegel zerbrochenes Gesicht wieder zusammenzusetzen.

»Romy?« Anjas Stimme klang neutral. Sie war stehen geblieben, wartete auf Romy, die sich endlich wieder traute, sie anzusehen. Als sich ihre Blicke kreuzten, erkannte sie Anja endlich wieder, die sie mit diesem stummen Blick betrachtete, der alles zu verstehen und nichts zu verurteilen schien, der Blick, der anderen oft Angst machte, nur Romy nicht, niemals.

Sie machte einen taumelnden Schritt vorwärts, warf ihre Arme um Anjas dünnen Körper und drückte sie fest an sich. Sie vergrub ihr Gesicht in Anjas blondem Haar, fühlte die Strähnen weich an ihrer Wange.

»Entschuldige«, flüsterte sie kaum hörbar.

Anja machte sich los.

»In Ordnung«, sagte sie und sah dabei genauso erleichtert aus, wie Romy sich fühlte.

*

Sie hatten sich in Anjas Zimmer zurückgezogen. Sie sprachen nicht darüber, was zwischen ihnen vorgefallen war. Sie sprachen auch nicht über Jan. Dennoch fühlte es sich nicht so an, als würde etwas zwischen ihnen stehen. Romy wusste, über Ersteres mussten sie nicht mehr reden, und über Jan würden sie reden, wenn die Zeit dafür kam. Romy hörte durch die geschlossene Tür das gedämpfte Geräusch des alten Schwarz-Weiß-Fernsehers. Sie fand es beruhigend, Mis Anwesenheit erschien ihr nie aufdringlich wie die ihrer eigenen Eltern. Sie schien ein untrügliches Gespür dafür zu haben, wann sie Anja und Romy besser sich selbst überließ, während ihre eigenen Eltern keinerlei Zurückhaltung übten, wenn Romy Besuch hatte. Wenn Anja bei ihr zu Hause war, verhielten sie sich, als ob diese ihnen irgendetwas schuldig sei, eine Erklärung oder Rechtfertigung ihrer Anwesenheit, die Anja durch das Beantworten peinlicher Elternfragen und Small Talk abgeben musste.

»Ich hab mir überlegt, irgendetwas zu studieren.« Romy sprach zögerlich, es war ein Thema, über das sie noch mit niemandem gesprochen hatte.

»Ach ja?« Zu Romys Erstaunen klang Anja leicht gereizt. »Was denn?«

Romy zuckte hilflos mit den Schultern:

»Keine Ahnung, irgendetwas, nur damit sich wieder was bewegt oder so ...«

Romy schwieg. Sie fühlte sich ein bisschen dumm und gleichzeitig verwundbar.

Anja kniff die Augen zusammen:

»Und weißt du schon wo?«

Romy zuckte nur mit den Schultern, während sie Anja vorsichtig von der Seite betrachtete. Anja versuchte einen neutralen Gesichtsausdruck, aber Romy merkte, dass sie vor irgendetwas Angst hatte. Sie bekam sofort ein schlechtes Gewissen, gleichzeitig irritierte sie Anjas Verhalten aber auch. Normalerweise würde sie an dieser Stelle das Thema wechseln, sie kannte Anjas Tendenz, jedes Gespräch über ihre eigene oder Romys Zukunft abzublocken. Mit einem Gesichtsausdruck, undurchdringlichem Schweigen oder einer abwehrenden Geste. Es war Romy bisher auch immer ganz recht gewesen, wenn sie ehrlich war. Aber sie war es jetzt leid, auf diese unsichtbare Grenze Rücksicht zu nehmen, die sie nie verstanden hatte.

»Ja, du kannst einfach so weggehen«, Anjas Stimme klang jetzt so kalt, dass Romy erschrak, »wahrscheinlich ist das auch das Beste. Aber entscheide dich bald, sonst tust du am Ende wieder gar nichts, so wie die ganze Zeit schon.«

Romy fand sich einen Augenblick sprachlos vor Anjas scheinheiliger Ungerechtigkeit, die sie ihr niemals zugetraut hätte.

»Und du«, brauste sie endlich auf, der neuerliche Frieden zwischen ihnen, vor wenigen Minuten noch allumfassend und unzerstörbar, bekam schon wieder Risse, »du machst doch selbst nichts, überhaupt nichts. Du bleibst hier in diesem Scheiß-Dorf, in deinem verrotteten Haus, bis du selbst verfaulst. Glaubst du etwa, du bist besser als ich?«

Romy sprang von Anjas Bett auf. Sie kämpfte mit dem Drang, wegzulaufen, ihre Wut irgendwohin zu tragen, wo sie sich entfalten konnte, ohne Schaden anzurichten. Aber das wäre Flucht gewesen, wie sie wusste, und sie war es leid zu fliehen. Sie wollte ihre Kämpfe endlich bis zum Ende austragen. Ein Kampf mit anderen ist auch immer ein Kampf mit sich selbst, dachte sie. Und umgekehrt.

Anja zog ihr übergroßes Kinder-T-Shirt fest über ihre angewinkelten Knie. Romy fand, sie sah auf einmal so klein und jung aus, dass es fast unheimlich war. Als sei sie in der Zeit zurückgereist.

»Ich mag mein Haus.« Anja klang plötzlich traurig und müde. Sie schaute an Romy vorbei durch das offene Fenster. Romys Wut vermischte sich wieder mit Mitleid, auch wenn sie sich nicht sicher war warum. Kurz wollte sie das Thema fallen lassen, es mit einem Schulterzucken abtun, um Anja zu erleichtern, aber Anja sprach schon zögerlich weiter:

»Und ich kann Mi nicht allein lassen.«

»Wer sagt denn, dass du sie allein lassen sollst?« Romy merkte, dass sie sich irgendeinem wichtigen Punkt näherten.

»Egal, was ich machen würde«, Anja knetete den ausgefransten Saum ihres T-Shirts, trennte ihn weiter auf, »ich würde sie immer irgendwie zurücklassen.«

»Mi ist doch kein Pflegefall«, Romy versuchte, ruhig und überzeugend zu sprechen, fand aber selbst, dass sie sich anhörte, als spräche sie mit einer Geisteskranken, »und du bist keine Pflegerin. Du kannst auch hier wohnen bleiben und trotzdem arbeiten oder studieren, oder was auch immer machen.«

»Du hast ja keine Ahnung.« Anja hörte sich fast verächtlich an.

»Natürlich hab ich keine Ahnung, wenn du nie was erklärst.«

Sie sahen sich in die Augen, beide unnachgiebig, so lange, bis Romy so frustriert war, dass sie bereit war, zu gehen und Anja hier einfach zurückzulassen. In ihrem unordentlichen Zimmer, dem alten Haus, dem Dorf und der erdrückenden Kleinstadt. Sie schloss die Augen und massierte sich die Schläfen. Sie hatte plötzlich Kopfschmerzen.

»Romy«, klang es auf einmal erstaunlich kleinlaut neben ihr. Sie spürte Anjas Hand leicht wie ein trockenes Blatt auf ihrer Schulter liegen. Es war ihr unangenehm, aber sie schüttelte sie nicht ab, sondern hob langsam ihre Augenlider.

»Romy«, sagte Anja noch einmal, und es klang fast flehend. Sie zog ihre Hand von Romys Schulter zurück.

Sie hat Angst, merkte Romy erstaunt, ganz so, als hätte sie ihren letzten Gedanken irgendwie gespürt. Romy wartete ab, wollte Anja Zeit geben, wofür auch immer. Es fiel ihr schwer, ihre Ungeduld zu unterdrücken, aber für Anja wollte sie es schaffen.

»Weißt du, wovon Mi und ich leben?« Anja schien wieder ruhig, ihre Stimme klang fast sachlich, aber Romy meinte, sie konnte den Sturm unter der ruhigen Oberfläche rumoren hören.

»Von Mis Rente, oder?« Romy fühlte sich vor den Kopf gestoßen, sie hatte schon lange nicht mehr über dieses Thema nachgedacht. »Oder von der Lebensversicherung, die deine Eltern abgeschlossen hatten. Das ist zumindest das, was ...«

»Was sich die Leute hier so erzählen, oder?«, sagte Anja ätzend.

Romy zuckte mit den Schultern, es war ihr egal, was erzählt wurde.

Andererseits hatte sie jetzt auch ein schlechtes Gewissen, weil sie sich nie weiter darüber gewundert hatte, wovon Anja und Mi eigentlich lebten. Besonders viel Rente konnte Mi nicht erhalten und die Geschichte mit der Lebensversicherung war eine, die sie immer nur von anderen, niemals von Anja selbst gehört hatte. Es war nur so, dass Romy seit Jahren nicht mehr über dieses Thema nachgedacht hatte. Als sie ein Kind gewesen war, hatte sie Anja einmal gefragt, nur deshalb, weil sie ein Gespräch ihrer Eltern belauscht hatte, in dem es um die mysteriösen Umstände ging, in denen Anja angeblich aufwuchs. Anja hatte ihr erzählt, Mi bekäme eine Witwenrente, und sie war zufrieden damit gewesen.

»In Wirklichkeit zahlen meine Eltern monatlich etwas, damit sie mich nicht ertragen müssen.«

»Aber ...« Romy war aufgeschreckt. »Ich dachte, deine Eltern wären tot.«

Anja schüttelte ihren Kopf, ihre Augen glänzten:

»Ich hab sie seit 15 Jahren nicht gesehen, aber irgendwo leben sie. Ich bekomme jedes Jahr zu meinem Geburtstag einen Brief. Ich hab niemals einen aufgemacht, aber ich hab sie alle noch.«

Romy beobachtete erstaunt, wie eine einzelne Träne Anjas sonnengebräuntes Gesicht hinunterlief. Sie konnte sich nicht daran erinnern, Anja jemals weinen gesehen zu haben.

»Wahrscheinlich ist sowieso nur Geld drin.« Anja wischte sich mit einer wütenden Geste über das Gesicht. »Wenn Mi nicht wäre, dann hätte ich überhaupt niemanden. Wie könnte ich sie jetzt also einfach so verlassen. Ich weiß, sie macht das nicht wegen des Geldes, sie hat mich einfach so aufgenommen, ohne zu fragen. Ich kann sie nicht allein lassen, das wäre nicht gerecht, dann wäre ich nicht besser als meine Eltern.«

Romy versuchte einen Moment lang, Anjas kruder Logik nachzuspüren, beschloss dann aber, sich dies für später aufzuheben:

»Warum hast du mir das nie erzählt?«

Anja schnaubte:

»Wie hätte ich das jemals jemandem erzählen können?«

Romy wollte etwas sagen, etwas Tröstliches, das alles gut machen würde. Aber weil dies unmöglich war, blieb sie stumm. Sie wusste, dass sie niemals wieder eine Freundin wie Anja haben würde, ganz egal, was passierte oder wohin sie ging. Es war ein Gedanke, der sie froh und zugleich wehmütig stimmte, so als ob sich jetzt schon ein Kapitel für sie beide schloss. Sie wusste nicht, wie sie Anja das alles sagen sollte, aber sie schien auch so zu verstehen. Ihr Blick wurde plötzlich weicher und ein trauriges, kleines Lächeln schlich sich fast unmerklich auf ihre Lippen. Sie strich Romy vorsichtig über das Haar, dann über die Stirn, einmal von links nach rechts, und Romy hatte den Eindruck, als würde sich eine Spannung zwischen ihren Augen lösen.

*

»Du hast es ihr nie erzählt.«

Mi stand mit dem Rücken zu Anja an der Spüle. Sie hatte das Licht nicht eingeschaltet, trotz der einsetzenden Dämmerung, die die Schatten aus den Ecken der Küche kriechen ließ. Anja schüttelte den Kopf, obwohl Mi ihr den Rücken zuwandte. Im Hintergrund murmelte immer noch der alte Schwarz-Weiß-Fernseher, der jede Sendung zu einem Relikt aus den Sechzigerjahren zu machen schien.

»Und du bleibst aus den falschen Gründen hier bei mir.«

Mi drehte sich langsam um.

Anja lief es kalt den Rücken herunter.

»Seit wann belauschst du mich?« Sie erschrak sich selbst über die Gefühllosigkeit in ihrer Stimme.

»Seit wann bedauerst du dich selbst so sehr, dass du dich aufgibst?« Mi verschränkte die Arme vor ihrer Brust.

Anja fiel auf, dass sie sich nun in identischer Pose gegenüberstanden, für einen Moment hatte sie das Gefühl, in einen Spiegel zu sehen.

»Ich habe kein Mitleid mit mir selbst!« Anja blieb fest.

189

»Mit wem dann, mit mir etwa?« Mi lockerte ihre Pose, fuhr sich mit einer fahrigen Geste durch das Haar.

Anja sah im schwindenden Licht, wie sie ein Stückchen in sich zusammensank, als hätte sie plötzlich alle Energie verlassen. Anja öffnete den Mund, um etwas zu sagen, fand aber die Worte nicht. Es war leichter, sich selbst etwas vorzumachen als jemandem, der einem wichtig ist, dachte sie. Sie schüttelte schließlich vehement den Kopf.

»Ich will nicht, dass du dich für mich opferst.« Mi sprach leiser als zuvor, Anja konnte sie wegen des Fernsehers kaum verstehen. Sie trat näher an Mi heran, die sie nicht aus den Augen ließ, als sei sie nicht sicher, ob ihr zu trauen sei.

Anja schüttelte noch einmal den Kopf. »Das tu ich nicht.« Und tatsächlich hatte es sich nie so angefühlt.

»Du bist mir schon zu ähnlich«, Mi sprach ruhig und ernst, aber ihre Augenlider mit den ausgeblichenen Wimpern flatterten nervös, »wenn du nicht aufpasst, wirst du enden wie ich. Das nützt keinem etwas, egal, aus welchen Gründen es geschieht.«

Anja streckte langsam ihre rechte Hand aus und tastete nach der Linken ihrer Großmutter. Erst schien es, als würde Mi ihr ausweichen, die Hand wegziehen. Dann aber legten sich ihre Hände weich und vertraut ineinander. Anja holte einmal tief Luft:

»Ich finde, es ist nichts verkehrt daran, wie du bist.«

Sie versuchte zu lächeln und es war einfacher, als sie gedacht hätte. Und auch Mis Gesichtszüge veränderten sich. Die tiefen Falten um ihre Augen wurden freundlicher, ihr Blick sanfter. Sie lächelte.

»Ist es auch nicht«, sagte sie, »aber für dich wäre es verkehrt, so zu werden.«

Anja nickte, wusste, dass Mi recht hatte, auch wenn sie sich nicht sicher war, was dies für sie bedeutete. Sie standen sich eine Weile so gegenüber, die Hände immer noch ineinander verschränkt. Wir bleiben füreinander da, dachte Anja trotz allem ein wenig zweifelnd, egal, was passiert.

*

Romy starrte auf die stille, dunkle Oberfläche des Tümpels, an dessen Ufer sie saß, beobachtete die Wasserläufer, die sich mit erstaunlicher Geschwindigkeit über das Wasser bewegten, kleine Luftblasen um ihre dünnen Insektenbeine. Sie saß mit angewinkelten Beinen an den rissigen Stamm einer Trauerweide gelehnt, nicht unweit der Stelle des Auwäldchens, wo Anja vor Wochen ihre »Vision« gehabt hatte, die Vision eines Gehenkten. Romy drängte sich die Frage auf, ob dies irgendetwas mit Jan zu tun gehabt hatte, ob Anja tatsächlich ein Echo aus der Zukunft aufgefangen hatte. Aber sie verscheuchte den Gedanken schnell wieder. Er war viel zu willkürlich, als dass es sich lohnte, ihn zu verfolgen.

Romy war es leid, in Gedanken immer nur rückwärts zu blicken. Sie war es leid, Ereignisse in ihrem Tagebuch festzuhalten, sie ewig in Gedanken zu wiederholen, um einen versteckten Sinn darin zu finden, der sie selbst definieren sollte. Sie wusste, es war diese ständige Selbstbeobachtung, die sie seit einem Jahr auf der Stelle treten ließ. Es war typisch, dass erst eine Katastrophe passieren musste, damit sie das erkannte. Sie hatte sich immer gefragt, wie die anderen aus ihrer alten Klasse ihre Entscheidungen trafen, wie sie etwa darauf kamen, etwas so Absurdes wie

Zahnmedizin zu studieren. Sie hatte sich vorgestellt, diese Personen müssten seit Jahren eine heimliche Leidenschaft für Zähne in sich herumtragen, ohne dass es jemals jemand gemerkt hätte. Sie selbst hatte keine solche Passion gehabt und gedacht, sie müsste sie erst suchen, bevor sie weitergehen konnte. Wahrscheinlich hätte sie dabei einfach nicht stehen bleiben sollen.

Ich war nicht bereit, dachte sie. Für nichts. Vorsichtig streckte sie ihre Hand über dem Tümpel aus, spreizte die Finger und berührte mit den Fingerspitzen sanft das Wasser, die Wasserläufer imitierend.

Sie erinnerte sich, dass Jan eine Heidenangst vor Insekten gehabt hatte, besonders vor den handtellergroßen Schneidern, die die Wände des verlassenen Hauses bevölkerten. Romy hatte sich einen Spaß daraus gemacht, sie in der hohlen Hand einzufangen, um sie Jan unter die Nase zu halten. Sie tun dir nichts, hatte sie gesagt, siehst du, wie dünn und zart ihre Flügel sind? Jan war ein Stückchen zurückgewichen: *Ich mag sie trotzdem nicht.*

Romy lächelte traurig. Sie ließ ihren Blick langsam über das friedliche Auwäldchen wandern. Die kleinen Teiche und Tümpel kühlten die Luft um sie herum, die Trauerweide, unter der sie saß, warf sanfte Schatten, zwischen ihren Zweigen blitzten blauer Himmel, ein paar Wolken und Sonnenlicht. Es war ein Ort, der Romy auf ewig verändert schien, weil Jan ihn nie wieder aufsuchen würde.

Sie hatte sich nicht die Mühe gemacht, den Unfallort zu besichtigen. Sie wusste, wo er sich befand, weil Jans Familie ein mit Blumen umkränztes Holzkreuz an der Stelle aufgebaut hatte. Aber sie hatte nicht vor, jemals dort anzuhalten.

Es gab bessere Orte, sich an Jan zu erinnern: das Haus an den Schienen natürlich, außerdem den Schlossgarten, in dem sie zusammen mit Anja und Marek unzählige Schulstunden verbracht hatten. Und dieses Auwäldchen, ihr Sommerrefugium, in dem sie immer noch den Nachhall ihrer Stimmen zu hören glaubte: Mareks leicht heiserer Gesang zu Jans Gitarre, Isas und Anjas Gelächter. Dazu das Aneinanderklicken von Bierflaschen, das aufgeregte Bellen der Schäferhündin und der Wind in den Zweigen über ihnen.

Du träumst schon wieder, dachte Romy ärgerlich. Du malst dir eine Erinnerung in Sepia und Gold, höre auf damit.

Romy dachte an Anja. Bis gestern hatte sie geglaubt, alles Wichtige über sie zu wissen, hatte sich eingebildet, es sei unmöglich, dass sie sich jemals trennen würden. Jetzt wusste sie, die Trennung war nicht aufzuhalten. Das tut euch beiden gut, würde ihre Mutter jetzt sagen, eure Freundschaft war immer zu eng gewesen. Aber tief im Inneren weigerte sich Romy zu glauben, dass eine Freundschaft zu eng sein konnte.

Bruchsal ist an allem schuld, was schlecht ist, dachte sie schließlich trotzig. Jemand sollte es anzünden. Oder ertränken. Sie erinnerte sich vage daran, dass sie im Erdkundeunterricht gelernt hatte, das Wort »Bruch« bedeutete »Sumpf« oder »Feuchtgebiet« oder irgendetwas Ähnliches. Sie stellte sich vor, unter den Fundamenten der Stadt brodelte noch immer ein bodenloser Sumpf, und sie wünschte sich mit aller Kraft, er möge wieder an die Oberfläche treten und alles unter sich ersticken.

*

Marek saß seiner Mutter gegenüber am Küchentisch und versuchte ihr zuliebe, seine Portion Sauerkraut ganz aufzuessen, auch wenn ihm jeder Bissen im Mund aufquoll und er ihn kaum herunterschlucken konnte. Er horchte auf das Ticken der Küchenuhr, das ihm mit jeder Sekunde aufdringlicher und unangenehmer zu werden schien. Marek seufzte und stand vom Tisch auf, um das Radio einzuschalten.

»Willst du noch etwas?« Die Stimme seiner Mutter klang besorgt.

Marek schüttelte den Kopf, schob mit der Gabel kleine Speckstücke und Reste von Sauerkraut auf seinem Teller herum.

Die Stille, die zwischen seiner Mutter und ihm herrschte, war nichts Ungewöhnliches, sie hatten nie besonders viel miteinander gesprochen. Oft hatte er Jan beneidet, der mit seinem Vater über Led Zeppelin diskutieren konnte und seine Mutter mit Anekdoten aus dem Altersheim zum Lachen brachte. Dennoch war seine Mutter im Moment die einzige Person, die er für längere Zeit ertragen konnte. Er hatte erwartet, sie würde ihn mit ängstlich-mitleidigen Blicken verfolgen oder ihn zum Reden zwingen wollen. Aber sie schien ihn besser zu verstehen, als sonst jemand, sie ließ ihm Zeit.

»Hast du dich entschieden, was du mit der neuen Wohnung machst?«, fragte sie endlich sachlich, während sie ihre Teller in die Spüle stellte.

Marek zuckte zusammen:

»Ich werde wohl einen Nachmieter suchen. Jans Sachen müssten jetzt schon draußen sein ...«

Marek fühlte plötzlich die Hand seiner Mutter auf seiner Schulter. Zuerst wollte er ihr ausweichen, doch dann ließ er die Geste zu, die er als tröstender empfand, als er es erwartet hatte.

»Ich kann dir dabei helfen, wenn ich keine Schicht habe.« Die Hand auf seiner Schulter drückte einmal kurz zu, dann verschwand sie.

»Danke.«

Marek dachte kurz sehnsüchtig an das Gras, das er in seinem Zimmer versteckt hatte. Aber er rauchte schon seit Tagen nicht mehr, zwang sich dazu, einen klaren Kopf zu bewahren. Er stellte sich neben seine Mutter an die Spüle und nahm ein Geschirrtuch in die Hand.

»Fandest du mich jemals irgendwie komisch?«, hörte er sich plötzlich fragen.

»Komisch?« Seine Mutter sah ihn misstrauisch an.

»Na ja«, er wusste selbst nicht so recht, was er eigentlich meinte, »nicht normal. Irgendwie anders als andere Kinder?«

Er beobachtete seine Mutter genau, betrachtete ihr vorzeitig gealtertes Gesicht, den grauen Haaransatz, der unter den blondierten Strähnen hervorlugte.

Sie öffnete den Mund, um sofort zu antworten, hielt dann aber ein. Für einen Moment schien sie tief nachzudenken.

»Ich weiß es nicht, du bist mein einziges Kind«, sagte sie schließlich, »ich weiß nicht, was du normal nennst. Meinst du, weil du nicht aufgewachsen bist wie die anderen, sondern bei einer nicht-normalen Mutter?«

Sie sah plötzlich verletzt aus. Er erinnerte sich daran, wie unangenehm es ihm als Kind gewesen war, wenn Erwachsene nach seinem Vater gefragt hatten. Er hatte die mitleidigen Blicke verabscheut, die er von seinen Lehrern erhielt, weil seine Mutter »alleinerziehend« war. Bis er richtig begriffen hatte, was das Wort bedeutete, hatte er es für ein Schimpfwort gehalten. Er wusste damals schon, dass die meisten Leute seine Mutter für wunderlich hielten, weil sie nicht wieder heiratete, so als sei es anstößig, ein Kind allein aufzuziehen.

Er hatte sich damals natürlich gewünscht, dass seine Mutter nach der Schule zu Hause auf ihn warten würde, aber er wusste, dass sie Schichten im Krankenhaus arbeitete, dass es keine andere Möglichkeit gab. »Schlüsselkind« war ein weiteres Wort, das andere für ihn verwendeten, wenn sie dachten, er höre nicht zu. Er hatte sich nie viel dabei gedacht.

Er schüttelte den Kopf.

»Ich hab ja auch nur eine einzige Mutter«, er lächelte und kam sich ein wenig bescheuert vor, »habe also keine Vergleichsmöglichkeiten.«

»Ja.« Marek sah erleichtert, dass auch seine Mutter breit lächelte. »Manche Dinge im Leben kann man sich einfach nicht aussuchen. Man muss nehmen, was einem gegeben wird.«

Marek nickte und knüllte das Geschirrtuch in seiner Hand zusammen.

*

Er war hierhergekommen, um allein zu sein. Niemand sollte wissen, wo er sich aufhielt, er fand, das war fast so, als könnte er für eine kleine Weile vom Erdboden verschwinden.

Er hatte nicht damit gerechnet, ausgerechnet Romy hier zu treffen. Er erkannte sie schon von Weitem, wie sie lässig gegen den Baum lehnte, eine Hand in dem kleinen Tümpel, an dessen Ufer sie saß. Sie drehte nicht den Kopf, während er sich näherte, obwohl sie ihn sicher schon längst gehört hatte. Er schob mühevoll sein Fahrrad durch das hohe Gras, ließ es schließlich einfach zu Boden fallen.

Romy beobachtete ihn jetzt vorsichtig von der Seite, grüßte aber nicht, machte nicht die kleinste Geste, die seine Anwesenheit anerkannte. Marek näherte sich ihr langsam und ließ sich neben sie in die Hocke sinken. Er war ein bisschen außer Atem. Trotz des leichten Windes und des bedeckten Himmels war es beklemmend heiß. Es wird Zeit für eine Entladung, dachte er und suchte den Himmel nach Zeichen für ein Gewitter ab.

»Hey«, sagte er schließlich und versuchte ein Lächeln.

»Auch hey«, Romy sah ihn misstrauisch an.

Dann schwiegen beide, Marek betrachtete das Gewusel der Insekten über dem Tümpel.

»Jan hatte Angst vor Spinnen«, fiel ihm plötzlich ein.

Romy nickte und lächelte kaum merklich. Ein großer Wassertropfen fiel ihm weich auf die Hand. Er hob den Blick in den Himmel. Kein Gewitter, sondern warmer Sommerregen.

»Ich hab mir überlegt, ein Treffen zu veranstalten«, er sprach ein bisschen schneller und sah Romy vorsichtig von der Seite an, »im Proberaum, nächsten Freitag. Du weißt schon, zur Erinnerung an Jan. Es ist gut, dass ich dich hier treffe.«

Marek versuchte, sich vorzustellen, wie Romy sich fühlte, blieb aber ahnungslos. Er fand Romys Gesicht verschlossen und abweisend wie eine Festung. Er redete schnell weiter:

»Ich dachte mir, ich sag nur ein paar Leuten Bescheid: der Band, Isa, ein paar von der Schule. Und Anja und du seid natürlich auch willkommen.«

Er sah Romy abermals stumm nicken.

»Nächsten Freitag«, murmelte er, langsam fühlte er sich ein wenig hilflos. Eine wütende Romy war zumindest teilweise berechenbar, ihr Schweigen hingegen war ihm unheimlich.

»Okay«, sagte sie endlich, »ist eine gute Idee.«

Inzwischen fielen die Regentropfen in immer kürzeren Abständen vom Himmel. Noch waren sie einigermaßen geschützt unter den hängenden Zweigen der Weide, aber Marek bezweifelte, dass er trocken nach Hause kommen würde. Romy erhob sich plötzlich und sah sich um. Sie wischte sich die Hände an den Hosenbeinen ab und kramte in der großen Seitentasche nach ihrem Schlüsselbund:

»Bist du mit dem Rad gekommen?«

Marek nickte und machte eine vage Geste dorthin, wo sein Rad im hohen Gras fast verschwand.

»Ich fahre dich heim, wenn du willst.« Es schien, als überlegte Romy sich irgendetwas, während sie sprach.

Marek zögerte kurz, er war sich nicht sicher, ob dies ein Friedensangebot war oder eine Falle. Am Ende gab er sich einen Ruck und erhob sich ebenfalls.

»Danke«, sagte er, und machte sich daran, sein Fahrrad an den nächsten Baum zu schließen.

Sie rannten die paar Hundert Meter bis zu Romys Auto, Romy schloss die Fahrertür auf und ließ sich auf ihren Sitz sinken. Sie streckte ihren Arm aus, um die Beifahrertür von innen zu entriegeln. Marek hatte kaum seine Tür zugeschlagen, als Romy mit durchdrehenden Reifen anfuhr.

»He, was …« Marek zerrte an seinem Sicherheitsgurt, ließ ihn einschnappen.

»Halt dich lieber fest.« Romy schaltete und wischte sich regenfeuchte Haarsträhnen aus dem Gesicht.

Marek tat, wie ihm geheißen, Romy trug diesen entschlossenen, fast grimmigen Zug um den Mund, der nichts Gutes verhieß. Der Scheibenwischer arbeitete in der höchsten Stufe, trotzdem schaffte er es nicht, die Sicht freizumachen. Der Feldweg vor ihnen schien zu einem Flussbett geworden, schlammbraunes Wasser spritzte an den Seiten des Autos hoch und machte die Fenster undurchsichtig. Marek klammerte sich mit beiden Händen fest. Er heftete seinen Blick auf den kaum mehr zu erkennenden Pfad vor ihnen. Die Geschwindigkeit und der Regen ließen die Büsche und Bäume am Wegrand verschwimmen.

Romy beschleunigte immer noch. Marek wagte endlich einen kurzen Blick zur Seite. Sie hatte beide Hände fest um das Lenkrad gelegt. Marek sah, wie sich die Muskeln in ihrem Oberarm anspannten. Sie hielt den Blick leicht gesenkt und konzentriert geradeaus gerichtet, als führe sie ein Rennen, das sie unbedingt gewinnen wollte. Die Nadel des Tachometers bewegte sich nervös auf und ab, überschritt schließlich die 70 km/h.

»Halt an!« Marek schrie. »Du bist doch wahnsinnig!«

Alles, was Marek durch die Windschutzscheibe erkennen konnte, war eine verschwommene, bewegte Flut von schmutzigem Braun, Grün und Gelb. Ihre feuchten Kleider in der stickigen Wärme des Autos ließen die Scheiben von innen beschlagen und Romy machte sich nicht die Mühe, sie frei zu wischen.

Sie reagierte nicht, raste weiter geradeaus, als hätte sie ihn gar nicht gehört. Panik ergriff von Marek Besitz, er fühlte sich eingesperrt, blind und hilflos auf dem Weg ins Verderben.

»Halt sofort an!«, schrie er noch einmal gegen das Motorengeräusch und das ohrenbetäubende Prasseln des Regens auf dem Blechdach an.

Marek griff mit beiden Händen in die Handbremse, zog mit aller Gewalt, bevor Romy ihm mit dem Ellenbogen einen Stoß versetzte, der ihn gegen die Beifahrertür knallen ließ. Ein Ruck ging durch das Auto, es schüttelte sich und machte einen Luftsprung. Aus den Augenwinkeln heraus sah er, wie Romy erfolglos versuchte, das Fahrzeug wieder unter Kontrolle zu bekommen. Sie waren vom Weg abgekommen. Marek verbarg seinen Kopf zwischen seinen Armen und schloss die Augen. Für einen kurzen Moment fühlte er noch das sanfter werdende Rumpeln und Schlingern des Autos, dann ein dumpfer Aufprall, der ihn gegen seinen Sicherheitsgurt schleuderte. Er hörte das Knirschen von Blech und das Kratzen von Zweigen gegen die Karosserie. Dann war alles still, nur der Regen prasselte immer noch gegen das Dach.

Als Marek vorsichtig die Augen öffnete, saß Romy immer noch in der gleichen Haltung wie zuvor: die Augen starr geradeaus gerichtet und die Hände um das Lenkrad gekrampft.

»Scheiße«, sagte sie leise.

Marek folgte ihrem Blick durch die Windschutzscheibe, sah hängende Äste, grün und braun. Sie waren gegen einen Baum gefahren. Zum Glück hatten der unebene Boden und Romys Versuche, das Auto anzuhalten, ihre Fahrt gebremst. Soweit er es durch die verregnete und beschlagene Scheibe erkennen konnte, war die Motorhaube des Fords leicht eingedrückt.

»Geht's dir gut?«, fragte er Romy und versuchte gleichzeitig festzustellen, ob er selbst irgendwo verletzt war.

Romy sah ihn endlich an, mit weit aufgerissenen und ein wenig orientierungslosen Augen, als wüsste sie nicht, wo sie sich befand. Sie sah verletzlich aus, aber nicht verletzt.

»Alles in Ordnung, glaube ich«, sie löste mit zitternden Händen ihren Gurt, »und du?«

Marek nickte:

»Alles in Ordnung.«

Romy seufzte schwer und ließ sich tiefer in ihren Sitz sinken. Dann kurbelte sie langsam ihre Scheibe herunter. Marek atmete tief die frische, abgekühlte Luft ein, die in das stickige Innere des Autos drang.

»Mann!«, platzte es aus ihm heraus. »Du hast den Karren tatsächlich gegen die Wand gefahren.«

Romy machte ein komisches halb ersticktes Geräusch, es klang irgendwo zwischen verzweifelt und amüsiert:

»Das muss der saublödeste Spruch sein, den du jemals von dir gegeben hast.«

Sie schüttelte den Kopf und ihre offenen Haare fielen ihr über die Augen, verdeckten ihre Gesichtszüge.

Plötzlich begannen ihre Schultern wie wild zu zucken und im ersten Moment dachte Marek, sie hätte begonnen zu weinen. Bis sie sich die Haare mit einer energischen Geste aus dem Gesicht wischte und ihn direkt ansah. Sie lachte.

»Was …«, begann Marek, aber Romy schüttelte nur weiter den Kopf, lachte immer noch, so offen und rückhaltlos, dass Marek keine andere Möglichkeit hatte, als schließlich mit einzustimmen.

Sie saßen nebeneinander in Romys demoliertem Auto und lachten.

Marek fiel plötzlich auf, dass er immer noch den Sicherheitsgurt angelegt hatte, was er unglaublich komisch fand. Er versuchte immer wieder, sich zu beruhigen, aber wenn Romy und er sich nur für einen Moment lang gegenseitig ansahen, verursachte das eine neue Lachsalve. Erst als er wie ein gestrandeter Fisch nach Luft schnappte und Romy sich beide Hände in die schmerzende Seite presste, beruhigten sie sich langsam.

Sie schwiegen einen Moment lang, aber Marek hatte zum ersten Mal seit Wochen das Gefühl, dass sich die unangenehme Spannung, die zwischen ihm und Romy herrschte, langsam auflöste.

»Hör mal«, begann er, und Romy wandte ihm den Kopf zu, »dass ich dich in letzter Zeit so beschissen behandelt habe ...«

Marek wusste plötzlich nicht mehr weiter, aber Romy betrachtete ihn jetzt mit leicht gerunzelter Stirn, wartete darauf, was er zu sagen hatte.

»... das hatte nichts mit dir zu tun, weißt du«, endete er ein wenig lahm.

Romy sah ihn an, vielleicht immer noch ein bisschen misstrauisch, er hatte es nie verstanden, in ihrem Gesicht zu lesen, aber auf jeden Fall erleichtert.

»Ach nein?« Sie klang neugierig, ihre Stimme heller als sonst. »Womit denn dann?«

Marek spürte plötzlich, wie sein Herz wild zu klopfen begann. Diesmal war es kein panisches Klopfen, das nach

Flucht verlangte, sondern ein befreites, als hätten sich unsichtbare Fesseln von seinem Brustkorb gelöst.

»Das erzähle ich dir irgendwann einmal«, sagte er zuversichtlich, »irgendwann bald. Versprochen. Und vor allem, dass ich dich am See umgestoßen habe, das tut mir ehrlich ganz fürchterlich leid!«

Romy öffnete den Mund, schloss ihn dann aber wieder, ohne etwas zu sagen. Sie lächelte und nickte, und Marek lächelte zurück.

Vielleicht sind wir uns auch einfach zu ähnlich, dachte er schließlich, immer zu sehr darauf bedacht, was andere über uns denken. Scheiß doch drauf.

»Aber eins sage ich dir«, Romy sprach nun wieder mit ihrer üblichen Stimme, kratzig und ironisch, »wenn du noch einmal in meine Handbremse greifst, dann erzähle ich allen, dass du geschrien hast wie ein Säugling!«

Sie sahen sich an und mussten wieder lachen, nicht hysterisch und unkontrolliert wie zuvor, sondern fast fröhlich. Für Marek klang es nach einer gegenseitigen Entschuldigung.

*

»Wo willst du denn hinziehen?« Anja saß neben Romy auf der Stufe vor ihrem Haus. Sie betrachteten den langsamen, späten Sonnenuntergang, tranken dazu Anjas Rum mit Honig aus Wassergläsern. Es war ein kühler Abend, der sintflutartige Regen, der am Nachmittag gefallen war, schien den Hochsommer beendet zu haben. Anja zog sich die Ärmel ihres schwarzen Kapuzenpullovers über die Finger, tastete nach den vertrauten Löchern im Gewebe.

»Keine Ahnung«, Romy klang unbesorgt, »Hauptsache weit weg. Hamburg oder Berlin vielleicht.«

»Zu den Hipstern und Coolen.« Anja nahm einen Schluck aus ihrem Glas.

Romy lachte: »Hauptsache, keine Kleinstadt-Emos mehr.«

Anja lächelte, aber es fühlte sich nicht echt an, sie fühlte sich zurückgelassen, auch wenn es ihre eigene Entscheidung war.

»Du kannst ja mitkommen«, schlug Romy vor, als hätte sie ihre Gedanken gelesen.

Aber Anja schüttelte nur den Kopf und fuhr sanft mit der Hand über die glattgetretene Stufe, auf der sie saßen.

»Ich suche mir hier irgendwo in der Nähe was. Karlsruhe vielleicht«, sagte sie schließlich und fügte aus einem Einfall heraus hinzu: »Vielleicht werde ich ja Zahnärztin oder so.«

»Was?« Romy sah regelrecht erschrocken aus. »Wie kommst du denn darauf?«

»War ja nur ein blödes Beispiel.« Anja lachte und trank einen weiteren Schluck. Langsam wurde ihr wärmer. Sie betrachtete den Sonnenuntergang: das sanfte Rosa, das er auf die Wolken malte, die verschärften Kontraste der Landschaft. Sie hob ihr Glas und hielt es gegen die Sonne. Wenn sie durch die goldbraune Flüssigkeit schaute, sah sie die Hügel und Felder wie aus der Ferne, ein wenig verzerrt und in Sepiatöne getaucht. Wie in der Rückblende einer Seifenoper, dachte sie, eine künstlich geschaffene Erinnerung.

Sie dachte an das Treffen im Proberaum, von dem Romy ihr erzählt hatte, und an Jans offizielle Beerdigung einen Tag später. Es würde das letzte Mal sein, dass sie auf diese Weise zusammentreffen würden: Romy, Marek, Isa, sie selbst und ihre gemeinsame Erinnerung an Jan, durchsetzt mit der gemeinsamen Schuld, die sie trugen. Sie wird uns auf ewig zusammenhalten, dachte Anja, diese Kette aus Ereignissen. Nur ein kleiner Riss in der Kette und alles wäre anders ausgegangen. Es wird Zeit, sie zu zerreißen, selbst wenn es für manches schon zu spät ist.

Ist schon komisch, dachte sie, und Romy, ihr Glas an den Lippen, fragte:

»Was?«

»Nichts.«

Anja stand langsam auf, ließ noch einmal den Blick schweifen, bevor die Sonne hinter dem Horizont verschwand. Romy folgte ihrem Beispiel und schließlich stieß Anja sie leicht mit dem Ellenbogen in die Seite:

»Die Hügel wirst du vermissen.«

Romy lächelte.